文芸社セレクション

（続）ライト・イズ・オン

長良 直次

NAGARA Naotsugu

文芸社

（続）ライト・イズ・オン

「前へ進まなければいけないのです」

1

夏が終わろうとしている。

夜の七時を過ぎた駅前のロータリーは帰宅を急ぐ人々が、忙しく通り過ぎて行った。アキラは薄灯りの下、パイプ椅子に座ってその人波を見ていた。

あれから三年が経った。この駅前のロータリーは、ほとんど変わっていない。変わったことといえば、駅ビルに入っている店が何店舗か入れ替わったことや、駅の裏口に高層のオフィスビルが二棟出来たこと、胡元社長のホテルが豪華なホテルに変わったことくらいだ。胡社長のホテルは、ここからは真正面でよく見える。以前は、明るく簡素なビジネスホテルだったが、今は、金色の照明に浮かび上がった玄関になり、外国のホテルのような名前になっていた。

アキラも三十七歳になったが、何も変わっていない。身なりは、相変わらずのTシャツにブルージーンズ姿だし、暮らしぶりは、その日暮らしのような生活だ。ただ、メガネを変えた。前は度付きのサングラスをしていたが、今は黒いプラステックフレームの普通のメガネをしている。特に理由はない。サングラスでは、商売に差し障りがあるからだろう。アキラの椅子の前には、色とりどりのブーケを載せた台があり、横には鉢植えの花が、後ろには切り花が入ったブリキの缶が並べてあった。アキラは、ここで花を売っていた。

中年のサラリーマンが近づいてきた。アキラは立ち上がる。店を出して二時間が過ぎて、初めての客だ。

「花、ください」サラリーマンは、緊張した声で言う。

「お花は、何にしましょうか？」アキラは、いつもの言葉で返した。

サラリーマンは、サイフから千円札を大切そうに引き伸ばして出した。

「これで見繕ってください。今日は、うちのかみさんの誕生日なもんで」

サラリーマンは、舌をもつれさせて言った。だいぶ酒で出来上がっているようだ。

「はい、わかりました」

アキラは、ブリキの缶から赤いバラを三本とピンクのガーベラを二本選び出し、それを白いかすみ草で巻き、花束にしてお客に手渡した。

「たった、これだけ」サラリーマンは、手の中の花束を酔った目をしばたたかせて見ている。

　花が思っていたより少なかったようだ。たぶん、このお客は初めて花束を買うのだろう。花束とは、定年退職の時にもらうような大きなものをイメージしていたのかもしれない。千円なら、これくらいが相場なのだが、初めて花束を買う客をがっかりさせるのも悪い。アキラは、花の量を倍ほどに増やしてお客に手渡した。

「お兄さん、悪いね。俺、こづかい、少ないもんだから」

サラリーマンはサイフをズボンにしまいながら、申し訳なさそうに言った。

「いえ、いいですよ」アキラは、花のくずを捨てて言った。

「俺、つい飲み過ぎちゃうんだ。それでね、いつもかみさんに怒られてるんだ。今日は、かみさんの誕生日なもんだから花でも買って早く帰ろうと思ってたんだけど、花、買うのに照れちゃってさ。そこでハッピータイムやってたんで飲んでたら、また酔っぱらっちゃったよ。笑っちゃうだろ」

「いえ、笑いませんよ」

「お兄さんは笑わないか。お兄さん、きっと、いい人なんだね。だけど、俺も、好きで飲んでるんじゃないんだよ。会社でいろいろあってさ」

　人には、いろいろな事情があるものだ。こんな所で店を出していると、そういう話をよく聞く。

「奥さんの誕生日に、花束をプレゼントするなんていいことじゃないですか。奥さん、きっと喜ばれますよ」

サラリーマンの顔がパッと明るくなった。

「喜ぶかな。俺、かみさんには感謝してるんだよ。俺の安い給料で、子供を二人も育ててくれてるんでね。でも、なかなか、そう言えないんだよな」

「よくわかりますよ」

「そう、お兄さんは、わかってくれるか。俺、なんだか自信が出てきちゃったな。お兄さん、ありがとうね。また来るね。どうも、どうも」

サラリーマンはそう言って、体を斜めに回転させながら駅に向かっていった。アキラは、少しだけ明るい気分になった。人が喜んだ顔を見るのは悪いものではない。アキラは、ブリキの缶の花を並べ直して思った。ここに店を出して半年になるが、こういう男性客が多い。男はなかなか花屋に入れないから、男の店員のいるところが買いやすいのだろう。そのかわり、メインの客になるはずの女性客は、さっぱりだ。夕方の五時から夜の九時まで、ここで店を出しているのだが、来るお客は、さっきのような初めて花を買う男性客か、夜の街のお姉さんたちにお土産用に花束を買っていく、本当の酔っ払いくらいだ。一日の売上は、数千円程度。これでは、花の仕入れ代や車のガソリン代にもならない。春絵には、日本一の花屋を作ろうと言ったが、たぶん、日本一、売れない花屋だろう。笑っちゃうのは自分のことだと、アキラはパイプ椅子に座りながらそう思い、夜空を眺めた。蒸し暑い空には厚い雲がかかり、月は、全く見えなかった。

「幸運って、本当に来るのかしら？」

前で女性の声がした。アキラは、反射的に立ち上がった。

「いらっしゃいませ」

店の前で、黒いブレザーを着た女性が〈幸運を呼ぶブーケ〉をじっと見ていた。背は高く、髪は後ろで団子のように束ねてあり、整った顔立ちをしていた。

「そんなの、わかりませんよね」女性はそう言って、ニコッと微笑んだ。その笑顔が、アキラにはまぶしい光のように感じた。

「じゃあ。試しに、これ一ついただきますね」女性は、手前のブーケを手に取った。

「ありがとうございます」アキラはあわてて礼を言い、棚に吊ってあったビニール袋にブーケを入れて、女性に手渡した。

「ありがとう」女性はそう言って、ロータリーをゆっくりと歩いてゆき、胡元社長のホテルに入った。

女性の後ろ姿を見ていたら、国道からものすごい音が聞こえてきた。まるで、レーシングカーが全速力で走ってくるような音だ。その音がこちらに近づいてきて、駅前のロータリーに一台のスーパーカーが現れた。その車はロータリーを一周して、ホテルの前に止まった。あまりの派手さに道を行く人が車を見ていく。助手席の長いドアが開き、真っ赤なワンピースを着た女が降りてきた。そして、運転席のドアが開き、白いスーツ姿の男が出てきた。その男は銀縁のメガネをかけていた。女はハイヒールの音を響かせて、その男に走り寄る。男は笑みを浮かべて、女の腰に手を回す。アキラはその笑みを見て、瞬時にあの日のことを思い出した。

（石だ）

胡社長を追い落としたやつだ。少し太ったが、口元を、左側にゆがめて笑う、あの独特な笑い方は、石に間違いない。アキラは、興味を引かれて観察を続けた。石は女と笑いながら話をしていたが、急に顔をしかめた。そして、車の窓から体を半分入れて、勢いよくクラクションをたて続けに、三度鳴らした。大きな音がロータリー中に響き渡る。その音でホテルの扉が開き、長身の青年が走って出てきた。細身の青年で、先ほどの女性と同じ黒いブレザーを着ていた。その青年が石に何度も頭を下げる。石にあやまっているようだ。

「ウスノロ！」

石はその青年に向かい、そう怒鳴った。その怒鳴り声が、ここまで響いてくる。青年は頭を下げ続けたが、石は罵声とともに、青年に何かを投げつけた。赤いワンピースの女が取りなしたので、石は機嫌を直して、二人で仲良くホテルに入っていった。ほんの数分の出来事だった。青年は石が入った玄関に九〇度に近いお辞儀をして、石が見えなくなると路上に這いつくばった。何かを探しているようだ。車の鍵だ。青年はドアを開けて、スーパーカーに乗り込む。エンジンが再びうなり、車は地下の駐車場に消えた。

＊

軽トラックが古い建物の階段の前で止まった。

アキラは、春絵が住んでいた公団住宅に住み続けていた。金も保証人もないアキラに借りられる住宅は、ほとんどなく、この公団住宅だけは賃借の名義人を換えて契約を結び直せば、敷金も保証人もなしで、部屋を貸してくれた。この公団住宅は五階建てだがエレベータがない。アキラは、トラックの荷台から花道具を下ろし、それを両手に持って、狭いコの字型のコンクリートの階段を上る。ようやく五階に着いた。一番奥がアキラの部屋だ。

部屋に入り、扉の内側の郵便受けを開けた。山のようなチラシが玄関にあふれる。その中に、〈重要〉と赤字で印刷された封筒が二通あった。それを脇に挟んで部屋に上がり、電気を点けた。八畳の畳の居間が浮かび上がる。部屋の真ん中にコタツがあった。春絵と買ったものだ。郵便物をコタツの上に置き、今日の売れ残りの中で一番ましなブーケを持って、隣の部屋に入った。

隣は四畳半の畳の間で、寝室にしている。その部屋の隅に小さな台があった。その台にブーケを置く。その台の前の壁に写真が貼ってあった。化粧をした春絵と、その横でサングラスをしたアキラが、はずかしそうに下を向いて写っている写真だ。あの日、見つけた花屋の店舗になる予定の土地の前で、春絵が通行人に頼んで撮って貰ったものだ。

（春絵、今、帰ったよ。今日も報告することは何もないけど）アキラは、そうつぶやいた。

居間に戻り、コタツの上にある〈重要〉〈督促状〉と印刷された郵便物を見た。内容は開けなくてもわかる。アキラはコタツにあぐらをかいて、明日、店で売るブーケを作りだす。次第に、アキラの耳にあの時の音が聞こえてきた。

遠くから、サイレンの音が近づいてくる。そのかすかに聞こえてくる音で、アキラの意識が戻ってきた。サイレンの音が間近に迫り、重いドアが閉まる音がする。

「大丈夫ですか！」上から大きな声がした。

アキラは、なんとか目を開けた。救急隊員の顔が二つ見えた。中年と若い隊員の顔だ。

アキラは朦朧とする意識の中で、口を動かそうとしたが声が出ない。救急隊員は、即座に状況を理解したようで、二人がかりでアキラを車から離れた場所に動かしてから、重機のようなもので車のドアを壊しだした。ドアが道路に落ちる音がする。

「こっちの女性は、重傷です」若い隊員の大声が聞こえた。

「ただちに救急搬送する。女性をタンカに乗せるぞ」中年の隊員が、そう言った。

（春絵だ！）アキラの頭に、事故直前のシーンが現れた。

アキラは立ち上がろうとしたが、前につんのめって道路に倒れ込んだ。足が折れているのか、何度やっても立ち上がれない。仕方がない。道路を這いずりながら救急車に近づいた。救急車の後部ドアが開いていて、中から隊員が誰かに呼びかけている声が聞こえる。

「春絵……」

アキラは後部座席に力一杯に叫んだが、ただの、かすれた音にしかならなかった。中年の隊員がその音に気づき、救急車の後部から顔を出した。車に乗り込むようにアキラに言ったが、とても自力で乗ることができない。結局、中年の隊員に引き揚げられるように車に入った。

「あなたは、この女性とどういうご関係ですか？」

中年の隊員は、簡易ベッドに寝かされた春絵の処置をしながら聞いた。春絵の顔は土色をしていて、腹のあたりは真っ赤な血に染まっている。アキラの頭はパニックになった。

「僕は、この女性の婚約者です。どうか春絵を助けてください！」

アキラは、かすれた声で懇願した。

「全力は尽くします。どこか、心当たりの病院はありますか?」

「そんな所はありません。どこでもいいです。春絵を助けて貰える所をお願いします」

中年の隊員が、前の運転席の隊員に何かを指示した。若い隊員は、運転席で電話を掛けはじめる。その間、中年の隊員は、春絵の目にライトをあてたり、脈を取ったりした。僕は、とんでもないことをしてしまった。アキラは両手で頭をかきむしった。運転席の若い隊員が、中年の隊員に病院の名前らしきものを告げた。

「ここから、すぐ近くの病院が受け入れてくれるそうです。そこに、この患者さんを搬送します。いいですね?」中年の隊員が、アキラにそう聞いた。アキラは中年の隊員の腕を取った。

「春絵は助かるんですか? どうなんです」

中年の隊員は、春絵を見た。

「だいぶ出血しているようです。脈拍も弱い。正直なところ、わかりません」

アキラに津波のような感情が襲ってきた。後悔という感情だ。どうしようもなく体が震えてくる。

「どうか、お願いします。春絵を助けてやってください。春絵がこんなことになったのは、全部、僕のせいなんです。僕の命なら差し上げます。春絵の命だけは助けてやってください」

アキラは、中年の隊員にしがみついて言った。

「お気持ちは、よくわかります。ともかく、我々は全力を尽くします。大至急、病院に向かえ！」

中年の隊員は、運転手に命じた。

救急車がサイレンを鳴らして走りだす。中年の隊員は、春絵の体の止血処置を終えて酸素マスクをさせた。

「あなたも、だいぶ足をやられているようだ。そちらに横になってください」

アキラも添え木で足の応急的な処置を施され、春絵の横に寝かせられた。救急車はサイレンを鳴らしながら高速道路を走る。

アキラは春絵の横で、うわごとのように春絵の名前を呼び続けた。救急車が高速を降りた時、春絵の声が聞こえたような気がした。ほんの、かすかな声だ。アキラは半身で飛び起きて、春絵におおいかぶさる。春絵のまぶたが開いていた。

「春絵！　しっかりしろ。僕だ、わかるか、アキラだ」

「アキラさん……わかるよ。あなたの声も聞こえる。あなたの顔も……見える」

「春絵、ごめんな。こんなことになってしまって。本当にごめん。許してくれ」

アキラは春絵の両手を取って、そう繰り返した。

「ううん。いいの。アキラさんのせいじゃないよ。だから、そんなに悲しそうな顔しないで」

春絵は、苦しそうな息をしながら言った。

「春絵、僕は、さっき、君にプロポーズをしたんだ。その返事を、聞かせてくれ。僕と結婚してくれ」アキラは、必死になって言う。

春絵は、アキラの目をしっかりと見た。

「わたし、あなたのお嫁さんになります」

「本当か？」

「本当よ。わたし、今、とっても幸せよ。アキラさんと出会えて、アキラさんが、花屋さんを、一緒にやってくれるって言ってくれて、そして、わたしにプロポーズしてくれて。こんな幸せでいいのかと思ったから、あの時、すぐに返事できなかったの。ごめんね」

春絵はそう言って、激しく咳き込んだ。その咳が止まらない。

「春絵！　大丈夫か」

「でも、わたし、あなたの、お嫁さんでいられるの、とても短い時間になりそう。ごめんね」

「そんなことを言うなよ。君は、言ったじゃないか。僕を一人にしないって。君がいないと僕はだめなんだよ。ずっと僕と一緒にいてくれ。頼む。頼む」

アキラは春絵の手を握りながら、繰り返して言った。春絵は、まぶたをしかりと開けた。

「アキラさん、一つだけ、約束してくれる？」春絵は、人を慈しむような目をしていた。

「僕は、どんなことでも約束する」

「わたしが、いなくなっても、アキラさんは、自分のやりたい夢をさがして、それを一生懸命やるって約束して。そして、時々でいいから、わたしにブーケをプレゼントして。そうすれば、わたしたちは、ずっと一緒にいられるわ」春絵はそう言って、苦しそうに目をつむった。

「何を言ってるんだ！　君が僕の夢なんだよ。君は、僕の夢、以上のものなんだよ」

春絵は、目をつむりながら微笑んだ。

「ばかねえ。あなたの夢は、わたしじゃない。あなたしかできないことが、あなたの夢なの。でも、そう言ってくれて、本当に、嬉しい。わたし、本当に幸せ」

春絵の唇はそこで止まった。春絵は、温かい光を灯したような微笑みを浮かべていた。

ブーケを作る手が止まった。

「こんな僕に、夢なんかあるわけがない！」

アキラは天井に向かって、ブーケを投げつけた。

2

アキラはあの事故から、何も、手につかなくなった。一日中部屋に閉じこもり、考える気力さえ失っていた。しかし、三カ月もしたら、残っていた貯金も底をつきだしたので、仕方なく、また倉庫で働きだした。仕事をやっている間は気もまぎれたが、休憩時間に道ばたで休んでいると、春絵の顔を思い出して涙が出そうになった。

アキラは休みの日に、近くのホームセンターの園芸コーナーに行くことにした。春絵との約束を思い出したのだ。僕は、春絵に日本一の花屋を作ろうと約束した。その夢を実行しなければならない。試しに花を買い、部屋で、見よう見まねでブーケを作ってみた。しかし、どうやっても、春絵が作ったような美しいブーケは出来なかった。それで、日中は、倉庫で働き、夜は黙々と部屋でブーケを作った。

やがて、事故から一年が経ち、少しは金銭的にも精神的にも余裕が出てきた。ブーケも、ある程度のものが作れるようになった。それで、倉庫のアルバイトは午前中だけにして、午後からは、春絵とよく行った青果市場の花の卸店で働くことにした。花屋を出すには、花のことを知る必要があるからだ。

花の卸店で半年働いて、花のことがある程度、わかってきたので、今度は、近所の生花店で、アルバイトを始めた。店を出すには、花の売り方も学ぶ必要がある。その店で接客を学びながら、自分の店を出す準備を始めた。店と言っても、アキラには資金がない。それで、春絵がやっていた露天の店を出すことにした。露天の店の道具なら、春絵が残したものがある。ただ、花の仕入れや運搬のための車が必要だ。免許も取り直さなければならない。あの事故で、アキラの免許は取消処分になったのだ。調べてみると、事故から二年を経過すれば、免許が再び、取れることがわかった。幸い事故から二年が過ぎていたので、直接、運転免許センターに行って取得した。

次に、アキラは、インターネットのサイトで古い軽トラックを格安な価格で購入した。格安だけあり、春絵の車以上に古くて、なんの飾りもない荷台があるだけの軽トラックだったが、案外、よく走った。そんな準備を重ねて、ようやく、半年前から、駅前ロータリーで露天の花屋を出し始めた。午前中は、倉庫でフォークリフトのアルバイトをやり、その後、市場で花の仕入れをして、夕方から花屋を開いた。しかし現実は、想像していた以上に厳しかった。毎晩、店を出しても、客は片手で数えられるほど。結局、倉庫のアルバイトで、なんとか生活をしているようなものだった。

月末が近づき、アキラは、ロータリーの隅にある銀行のATMコーナーに入った。サイフの中身を確認して愕然とした。今月も、なんとかなると思っていたのだが、何度、数え直しても、サイフの中には九万円しかなかった。送金するには、あと三万円足りない。二日後が、支払いの期日の月末だ。二日間で三万円を稼ぐことは、到底、不可能だ。アキラは暗然たる気分でATMコーナーを出た。

重い足取りで店に戻ったら、店先に先日、ブーケを買ってくれた黒いブレザーの女性が立っていた。アキラは急いで戻って、エプロンをつけた。

「すいません」

「店主さん」女性は、アキラのことをそう呼んだ。

「店主？」

「小さなお店でも、あなたがこのお店を経営してるんでしょう。だったら店主さんじゃない」女性は明るく、そう言った。

アキラには、まるで別世界からの言葉のようだった。

「店主さん、〈幸運を呼ぶブーケ〉って、本当のことかもしれないわよ。これを買ってから、上司が、めずらしく優しくしてくれたの。また、このブーケをいただきます」

　女性はブーケを手に取って、ニコリとした。アキラは、その笑顔が、先日、見た以上にまぶしく感じた。

「ありがとうございます」アキラは、ともかく礼を言って、急いでブーケを袋に入れて渡した。すると女性は袋からブーケを出して、笑いだした。

「このブーケ、店主さんの手作り？」

「そうですが」アキラには、何がおかしいのかわからない。

「店主さんて、不器用なのね。このまえのもそうだったけど、このブーケの包み紙、全然、揃ってないわ」女性は、まだ笑っている。

「すいません」アキラは、素直にあやまった。

「店主さん、余計なことを聞くようだけど、最近、何か悲しいことがあったの？　まるで、失恋したような顔じゃない」

（失恋）アキラは突拍子もない言葉に、女性を見る。

「私も、その気持ちわかるよ。失恋て、辛いものよね。あたり全部が真っ暗で、自分だけが闇の中に取り残されたようで。店主さん、今、そんな感じじゃない？」

「は、はい」アキラは、とまどいながら返事をする。

「店主さんて、生き方も不器用みたい」女性は、声を出して笑った。

「すいません」アキラは、またあやまる。死ぬほどあやまるのが嫌いな性格なのにだ。

「だけどね。店主さん。失恋は、いつまでもしているものじゃないわよ。失恋に一番効く薬は新しい恋。新しい恋を見つければ大丈夫、元通りになるわ。それまでは、さあ、商売。商売」女性はそう言って威勢良く、手を叩いた。

「はい」アキラは、背筋を伸ばして返事をする。

「今日は、景気づけに、お花を、たくさん、いただこうかしら」

「お願いします」アキラは、完全に女性のペースにのせられていた。

女性は腕を組んで道路に並べられてある花を、一回り見た。

「お花、たった、これだけしかないの？」女性は、あきれたように言う。

確かに、最初は、いろいろな花を置いていたが、売れないにつれて置く花が少なくなった。今あるものといえば、手作りのブーケと、よく売れる生花、長持ちをする鉢植えや観葉植物しかない。

「店主さん。ヤル気あるの」女性は、アキラをにらんだ。

「すいません」

「店主さん、さっきからあやまってばかりね。でも、ないものは仕方ないか。じゃあ、この鉢植えのお花を三つと、あの奥の大きい観葉を一鉢と、それと、バラは全部いただくわ」

女性は路上にある花を、次々と指で差してゆく。

アキラは、それらを急いでまとめた。

「それを、あそこまで運んで。お代は、そこで払うから」

女性は、前の建物を指さした。胡元社長のホテルだ。そのホテルに向かって女性は歩きだす。アキラは言われた品を台車に載せて、女性を追いかけた。

ホテルの玄関横には、小さなブースがあった。丁度、春絵が、胡社長から借りて花屋を出していた場所だ。そこに、先日、石に怒鳴りつけられた長身の青年が立っていた。

「総支配人、お帰りなさい」青年は、さわやかな笑顔で言った。

「吉村君、ご苦労さま。これ、この人から買ったから、お花を運ぶの、手伝ってあげて」

「はい。承知致しました。それでは、中に、どうぞ」

青年はアキラに丁寧に頭を下げて、手を貸してくれた。ホテルに入って驚いた。ここに入るのは、久しぶりのことだが、前とはかなり違っている。床は、ピカピカの大理石になっていたし、壁は木目調の造りだ。アキラは、床を傷つけないように慎重に台車を押した。

ロビーに入って、もっと驚いた。以前は、簡素なロビーだったのだが、今は、高級なブランドショップのような重厚なフロントになっていた。照明もシックになっていて、窓側にソファーとランプが一列に並んでいる。

「その鉢植えは、そこに置いて。その隅ね。うん、いいわ。その観葉は、ここがいいわね」女性が、てきぱきと指示をする。

　アキラは、青年と二人で、言われたように、花を置いていった。ホテルの落ち着いた空間に、花の色が差されて、ロビーの豪華さが一段と増した。花とは、こう置くと映えるのだと教えられるようだった。

「いい感じになったね」女性は、ニコッと笑った。

「はい」アキラと青年は、同時に返事をした。

「私、森川と申します」女性は両手で、アキラに名刺を差し出した。名刺にはホテルの金色のロゴと、その下に〈総支配人　森川由佳〉と書かれていた。

「吉村君、ありがとう。持ち場に戻っていいわ」

「はい。総支配人」

　青年が、そう答えた時だった。外でクラクションが三度鳴った。あの時の音だ。青年の顔がこわばり、玄関に走っていった。しばらくすると、石が、青年を押しのけるように入ってきた。

「このウスノロー！　おまえは、何度、言ったらわかるんだ」

「社長、申し訳ありません」青年は体を半分に折るようにして、言う。

(社長) こいつが、ここの社長か。アキラは、石を見た。

「由佳、このウスノロをクビにしろ。こいつは車の駐車サービスさえできない役立たずだ」

「吉村君は、ドアボーイもベルデスクも一人でやってるのよ。車のパーキングまでは手が回らないわよ」

女性は、青年をかばうように言った。隣で、青年は、体を半分くらいにしている。

「こいつは、フロントで、金の勘定もできないバカだから辞めさせろと、俺は言ったんだ。おまえが、どうしてもと言うから、もう一度、使ってやってるのに、こいつは車の駐車もできない、本物の役立たずだ」

「うちのホテルもバレットパーキングは、だいぶ前に止めたから、吉村君も慣れてないのよ。社長、お願いだから、もう一度だけチャンスをあげて」

「おまえもおまえだ、由佳。金持ちの客だけには特別にバレットパーキングをやれと、俺は言っただろう」

「わたし、待ってるよ」石の後ろから、女の子が顔を出した。まだ、二十歳を超えたばかりのような若い子で、ミニスカートから長い足を出していた。前とは違う女の子だ。

「ごめん。ごめん」石の顔が見違えるような笑顔になった。

「早くゴハン食べさせてよ」若い女の子が言う。

「今夜は、俺が、このホテルで一番、うまいステーキを御馳走してやるよ」

「わたし、お肉、大好き！」若い女の子が高い声で言った。

二人は、並んで奥のレストランに行こうとした。

「社長、少しお話があるの」総支配人が、石を呼び止めた。

「話なら、明日にしてくれ。今日の仕事は終わりだ」石は、振り返らずに言った。

「とっても大切な話なの」女性は、あきらめない。

総支配人は無理矢理、石をロビーの二人掛けのソファーに座らせて、話を始めた。女性は声を潜めて話をしているから、その内容までは聞こえなかったが、何か深刻そうな様子だった。石は、横を向いて話を聞いている。若い女の子は、つまらなさそうに自分の長い髪をいじっている。怒鳴られた青年は消え入りそうだ。アキラは代金をまだもらっていないので、帰るわけにはいかない。

「それは、君の仕事だろう」石がアメリカ人のように両手を広げて、立ち上がった。

「社長、待ってよ。まだ、話は終わってないのよ」

「君は、このホテルの総支配人だ。それくらい、自分で解決しろよ」

石はそう言うと笑顔を作って、待っている女の子のところに行った。

「さあ、夕食だ」

「今日は、ダイエットは忘れて、全力で食べよかな」若い女の子が言う。

「君は、若くてスタイル抜群だ。ダイエットなんか必要ないだろ」

「本当！」女の子は飛び上がるようにして、石とロビーの奥に消えた。

総支配人は、その様子を、靴のヒールで大理石の床をコツコツと鳴らしながら見ていた。

「あの男は、やめておいた方がいい」

アキラの口からそういう言葉が出た。それを聞いた総支配人が振り返った。

＊

アキラは店に戻り、今、起こったことを考えていたが、それよりも現実の問題を考えざるを得なかった。約束の月末まで時間がないのだ。ホテルの総支配人から、受け取った代金を数えてみた。一万と少しあった。だが、まだ二万円近く足りない。今月は、どう考えても、あの家族に送金できそうもない。

あの事故で亡くなったのは春絵だけではなかった。あの時、アキラの車の前を横断しようとしたトレーラーの運転手も、あの事故で亡くなってしまったのだ。

アキラは運転手の葬儀に参列した。葬儀の時、高校の制服を着た女の子が運転手の遺影を抱いていて、その隣で小さな男の子がうなだれていた。警察の担当者の話では、今回の事故は、アキラの方が優先道路なので、トレーラー側に一義的な責任がある。だから、トレーラーの運転手の遺族との示談があればアキラは起訴されないと言って、今回のような事故の示談金の相場を教えてくれた。びっくりするくらい少ない額だった。しかし、アキラは事故の責任を強く感じていた。あの幻の富士さえ見なければ、あの事故は起きなかったのだ。

葬儀のあった翌週に、アキラはトレーラー運転手の自宅を訪ねて、奥さんと会った。アキラは、今回の事故を詫びて、二人の子供が成人するまで、一人月六万円。二人で月十二万円の養育費を支払いたいと申し出た。奥さんは、その金額に驚き「私も仕事をしているので、そんなに多くなくていい」と言うのだが、アキラは自分で決めた額を押し通し、示談書に奥さんの印をもらい、警察に提出した。

それから、アキラは、自分の生活費と養育費を支払うために、本当に金が必要となった。しばらくは、アルバイトで貯めた貯金から養育費を払ってきたが、それも、すぐになくなった。それからは、アルバイトの時間を増やしたり、消費者金融から借金をしたりして、なんとか金を工面してきたが、今月は、とても出来そうもない。こんな売れもしない花屋をしていたら、これからも約束した金は作れないだろう。こうなったら、花屋はたたんで、前のように、丸一日、アルバイトに戻るしかないと、アキラは考え出していた。

そんな、アキラの前を、紫色のダブルのスーツを着た男が通り過ぎ、すぐに戻ってきた。アキラに顔を近づける。

「お、アキラじゃねえか！」男が叫んだ。

驚いた。先輩だった。アキラは、思わず立ち上がる。

「やっぱり。アキラだ。でも、おまえ、どうしちゃったの。黒メガネなんかしちゃってさ」

先輩は、アキラを上から下まで不思議そうに見た。アキラは返事ができない。先輩は、アキラの店を一回りした。

「おまえ、ここで、お花屋さん、やってんの？」

先輩は片手をズボンのポケットに入れて、面白そうに言った。アキラは、うなだれた。

「驚いたねえ。あの豪華なマンションの最上階にお住まいのお金持ちのアキラさんが、お花売りをやってるなんてさ。あ、もしかしたら、おまえ、超ビンボーになったんじゃねーの」

先輩は、体をのけぞらせて笑った。

「ええ、まあ」アキラは、地面を見た。

「ええ、まあ、だってさ。驚いたね。日本一の金持ちになると言っていたアキラさんが、今は超ビンボーなお花屋さんだとさ。世の中、どうなるかわからないもんだね。ま、人生、いろいろあるからな。俺、今、こういう仕事してるんだ」

先輩は、そう言ってダブルのスーツから、名刺を出した。名刺には〈ビックファイナン

ス　代表　小林雄一〉とあり、その下に「みなさまのおサイフのお助け隊」と書いてあった。

「これでも、俺、法定金利でお貸しする、れっきとした貸金業者なのよ。アキラさんも、お金に困ったら、ここに連絡してくれよ。おまえには、一生、縁がない話か。せいぜい、お花屋さん、がんばってくれ」先輩はそう言って、アキラの肩をポンポンと叩き「今日は、愉快。愉快。最高に愉快だぜ」と高笑いをして、ポケットに両手を突っ込んで歩いて行った。

アキラは先輩の後ろ姿を見ていたが、先輩が路地を曲がったところで走りだした。先輩は、路地裏でタバコを吸っていた。

「お、どうした、アキラ。なんか、俺に用か？」先輩は、面白いという顔をした。

「先輩、僕、今、金に困っているんです。少しだけ、金を貸してもらえませんか」

先輩がタバコを捨てて、アキラに近づいてきた。

「おまえが、金に困るとは。人生ってのは、本当わからないもんだな。いくらだ？」

「二万円ほど」アキラは指を二本立てた。

「二万？」先輩は、前のめりになって驚いた。

「あんな、高級マンションの最上階に住んでいたお金持ちが、今は二万ポッチの金に困ってるのか。これは、たまらん」先輩は、腹をよじるようにして言った。

「少ない額で、大変申し訳ないんですが」

先輩は、突然、アキラの右肩をつかんだ。

「おい、アキラ、金を借りたきゃ。俺が、前、やったように頼めよ」

先輩は、ものすごい目をしていた。

「おまえのおかげで、俺が、あれから、どれだけ、ひどい目に遭ったのか知らねえだろう。俺は、死にそうになったんだぜ。さあ、俺と同じようにして、土下座して、頼めよ」

アキラは、アスファルトの地面に正座した。先輩が嬉しそうに、それを見ている。

「先輩、お金を貸してください」アキラは、地面に両手をつき頭を下げた。

「アキラ、俺は、あの時、地面に頭を、ぴったりとつけて頼んだぜ」

先輩が、しゃがんでアキラの耳元で言う。アキラは、頭を地面に押し付けた。

「先輩、この通りです。お願いします」

「大の大人が、たった二万円で土下座か。いい様だな」

先輩がすっと立ち上がり、上からアキラを見た。

「あいにく、おまえなんかに貸す金なんて一銭もねえよ。これが、おまえが俺にしたことだ。わかったか、この恩知らずめが！」先輩はそう言うと、道路に唾を吐いた。

「これで、少しはすっきりしたぜ」先輩は、そう言って歩き出した。

「先輩、そこをなんか」アキラは先輩に言った。先輩は振り返った。

「俺は、もうおまえの先輩でも何でもない。ただの赤の他人だ。よく、覚えとけ！」

その大声に驚いた野良猫が路地の中を、走って逃げていった。

＊

アキラが店に戻ると、驚いたことに、また総支配人が店先にいた。アキラは走るように、店に戻った。

「店主さん、だめじゃない。いつも仕事を放り出して、ふらふらしてちゃ」

彼女は、まるで上司のように言った。

「すいません」アキラは、自分でも不思議なくらい素直にあやまった。

「お花を、もう少し、いただこうと思うの。これと、あれと、あれを、明日、私の自宅に配達してくれない？」彼女は店に残った花、ほぼすべてを指さすようにして言った。そして、自分の名刺の裏に自宅の住所を書いて、アキラに渡した。

アキラは困惑した。花の配達は一度もしたことがないのだ。

「申し訳ないんですが、配達は、やっていないんです」アキラは、名刺を返そうとした。

「配達はやってない。おかしいわね。ここに、『お花の配達、どこでも承ります』て書いてあるわよ」彼女は微笑みながら、花屋の看板を見る。

アキラは、ますます困った。それは、春絵が書いたものだ。春絵の残した看板をそのまま使っているだけなのだが、そうとも言えない。

「配達先なら、心配いらないわよ。私の家、ここから歩けるくらい近いから。ただ、私、明日、ホテルの勤務は午後からなの。だから、朝の十時頃に届けてくれるとありがたいんだけどな」

彼女は、今度は下手になって言う。アキラは、こういうのに弱い。明日は、バイトが休みだ。この人の住所も、携帯の地図を見ればわかるだろう。

「わかりました」

「よかった。じゃあ。明日の十時。待ってるね」

彼女はとても明るい笑顔を浮かべて、ホテルに戻っていった。その笑顔を見ると、さっき先輩に浴びた怒号が半減する思いがした。しかし、アキラは渡された住所を見て、思わず息を飲んだ。

翌朝、アキラは軽トラックに花を載せて、彼女の自宅に向かった。

確かに、彼女の自宅は駅から近く、道も少しも迷わなかった。アキラがよく知った場所だったからだ。シルバー色の六角柱の高層マンションが目の前にあった。三年前まで、アキラが住んでいたタワーマンションだ。まさか、自分が、またここに来るとは思いもしなかった。

ともかく、花を配達しなければいけない。アキラは軽トラックに積んだ花を、台車に積み替えて、マンションの前に立った。さて、どこから入ればいいのだろうか。確か台車の荷物は正面玄関からは入れないはずだ。アキラは、以前、パソコン用の長机を購入した時に、業者が荷物搬入口から入ってきたのを思い出した。搬入口は裏側だ。裏口に回ると、そこにオートロックのインターフォンがあったので、彼女の名刺の裏にある部屋番号を押した。しばらくして「はーい」と言う女性の明るい声がした。カメラに向かって「花屋です」と言ったら、ゲートが開いた。

アキラは裏方のエレベータに乗り、彼女の部屋のある階で降りた。彼女の部屋は、タワーの真ん中くらいの階で、アキラが、かって住んでいた街側（City Side）ではなく、反対の海側（Sea Side）にあった。裏方のエレベータを降りたら、そこにある小窓から東京湾が見えた。まるで、別のマンションに来ているようだ。内廊下を歩いて、彼女の部屋番号を見つけた。アキラは玄関扉の前で一呼吸をして、インターフォンを押した。扉が大きく開き、あの女性が出てきた。とても驚いた。彼女は、スポーツウェア姿だったのだ。長い髪はストレートに下ろして、上は明るいピンクのウェアに、下は黒いスパッツだ。昨日とは、全く違う人のようだ。

「さあ、どうぞ。中に入って」

アキラは玄関口で、まごまごした。彼女がアキラをにらむ。

「あなた、まさか、こんな重たいものを、かよわい女性に運ばせるつもり」

アキラは、「失礼します」と小声で言って、花の鉢植えを台車から一個取り、中に入った。

「そのお花は、そこの廊下の机の上に置いてちょうだい」

アキラは花の鉢植えを、廊下の突き当たりの机の上に置いた。丁度、天井のダウンライトの下で、花が美術館に飾られた絵のように浮かび上がった。

「どう？」

「きれいだと思います」

「うん。いいわね。じゃあ、その観葉植物は、こっちのリビングに運んで」

彼女はそう言って、リビングに入っていった。アキラも、リビングに入らざるを得なくなり、彼女について中に入った。目を見張った。リビングの窓から、お台場を真正面に、東京湾が一望出来たのだ。東京湾の海が広がり、白いヨットのようなレインボーブリッジと、ブリッジに入る巨大なループがあった。アキラは、春絵とドライブをしたあの日のことを思い出した。

「その観葉は、その窓の脇に置いてちょうだい」

彼女は、鉢植えを抱いたまま海をぼーっと見ているアキラに指示をする。

「はい」アキラは我に返り、窓のカーテンの横に観葉の鉢植えを置いた。観葉のグリーンが、東京湾のブルーに違和感なく溶けこんだ。

「その観葉も、なかなか合うわね」彼女は、笑顔で言う。

「はい」アキラは、引き込まれるように返事をする。

彼女のリビングルームは実にセンスのいい部屋だった。ソファーやカーテンはポップな現代調の色だったが、それを引き締めるように、家具類は茶系の古いものが配置されていて、そのバランスが絶妙に取れていた。雑誌で見たニューヨークのカフェのようだった。

「私、インテリアが趣味なの。インテリアには、グリーンが必須なんだけど、なかなか買いに行く時間がなくて困っていたの。あなたのお店があって助かっちゃった」

「それは、よかったです」アキラは、「助かった」と言われて明るい気分になった。

「これから、この近くの公園を走りに行くんだけど、一緒に走らない？」

「走る？」

「そう。すぐ近くに、すごくいい公園があるの。気持ちいいわよ。行きましょうよ」

彼女は、かなり強引な性格のようだ。もう、スポーツタオルやスポーツドリンクを二セットずつ用意している。いつものアキラなら、当然、断るところだが、この人には何故かノーと言えない。押し切られたように彼女と公園に行くことになった。

あの公園がそのままの形であった。アキラが、デイトレードをしていた時に、毎朝、走っていた公園だ。時が止まっていたようだ。

「先に走って」彼女は、髪をゴムバンドで縛りながら言った。

「僕が、先ですか」アキラは、初めて抵抗を感じた。そこまで指示はされたくはない。

「女性をリードするのは男性の役目でしょ」彼女は、当然のように言う。

そうはっきりと言われると反論が全くできなくて、アキラは前を走ることになった。彼女が後ろからぴったりとついてくるので、アキラは全力で走らざるを得ない。走るのは久しぶりのことだ。すぐに息が上がった。以前なら、ここを十周走っても、なんともなかったが、今は、三周走っただけで、息が切れそうだ。公園を五周走ったところで、彼女が休みましょうと言ってくれたので助かった。もう、これが限界だった。しかし、気持ちはよかった。

日がよくあたるベンチに二人で腰をかけた。彼女がスポーツドリンクをくれる。アキラはドリンクをゴクゴクと飲んだ。スポーツドリンクの甘みが、体の隅々に染みこんだ。

「あなた、だいぶ走っているようね」

「いいえ。たいしたことないです」アキラは、スポーツドリンクを飲み干して言う。

「それに、あなたは一生懸命に、生きようとしているみたい」

彼女は髪のゴムバンドを取って、首を一振りして、そう言った。

「え？」アキラは、彼女を見た。

「走り方でわかるのよ。あなたは手を抜いた走り方をしない。といって、自信にあふれている走り方でもない。とにかく一生懸命、て感じね」

（一生懸命）確かにそうかもしれない。そうするより方法がないからだ。

「あなたの、お名前、うかがっていい？」

「僕は、アキラと言います」

「お名前はアキラさんね。苗字は？」

アキラは空を見上げた。空には白い入道雲があり、その丸い雲に向かって、一機のヘリコプターがパタパタと音を立てて飛んでいた。静かだった。

「苗字は、忘れました」

「忘れた？　苗字を忘れる人なんていないでしょう」彼女は、とても驚いた顔をした。

「僕は必要ないものは、忘れることにしてるんです」

「へーえ、必要のないものは忘れる。苗字は必要ないものなの。それって、面白いね」

彼女は、白い歯を見せて笑った。アキラは彼女の笑い方がいいと思った。

「じゃあ、別の質問させて。あなたは、どうして、あそこでお花を売っているの？」

彼女は、ゆっくりと聞いた。これも返事のしようもない問いだ。アキラは黙った。

「それも忘れたんだ。あなたって、とっても面白そう」彼女は、アキラの顔をじっと見た。

「最初、あなたを、あそこで見た時、てっきりパートナーさんと一緒にやっているんだと思った。だって、男の人が一人でやっているお花屋さんなんて見ないものね。でも、あなたは、いつも一人。どうして男の人が一人でお花を売っているんだろうって思ったの。これって普通の疑問でしょ」彼女はそう言って、笑顔を浮かべた。

「普通ですね」アキラも思わず笑顔になる。

「なぜ？」

その問いにも、アキラは答えられない。アキラは、からのスポーツドリンクのボトルを手のひらの上で転がしていた。

「それも忘れたのね。わかった。もう聞かない。大人になれば、誰にだって言いたくないことの一つや二つは、あるよね」彼女はそう言って、指を折り「私には九個もある」と声を出して笑った。

「九個ですか」アキラも、つられて笑った。

「よかった。あなたも笑うのね。『うるさい女だな、いいかげんに黙れよ』なんて思われていたらどうしようと思ってたの。ねえ、私って、おしゃべり？」

彼女は、突然、話題を変える。その変わり方が面白い。

「いいえ。おしゃべりというほどではないと思いますよ」

「よかった。おしゃべりな男は論外だけど、おしゃべりな女も面倒くさいものね。あなたのお年を聞いてもいい。もしかして、年齢もあなたにとって必要のないものなの？」

「いえ。いくら僕でも年齢は必要です。僕は、三十七です」

彼女の目が倍ほどの大きさになった。

「ウソでしょう。私たち同い年なの。私、あなたは、だいぶ年下だと思ってた」

「僕は、今でも大学生に見られるんです。こんな格好だからかな」

アキラはそう言って、自分の服を見せた。もう夏が終わろうとしているのに、Tシャツにジーンズだ。

「私、それ、とってもいいと思うよ。余分なものが一切なくて、そう、お坊さんみたいで」

「それは、どうも」アキラは、頭をペコリと下げた。お坊さんという例えには少しひっかかったが、ここ最近、人に褒められたことがないから、純粋に嬉しかった。

「もう一つだけ、聞いていい？」

「どうぞ」アキラは、次は、どんな質問が来るのかと思った。

「あなた、何故、うちの社長、石って言うんだけど『あの男は、やめておいた方がいい』なんて言ったの。うちの社長のこと知ってるの？」

アキラは、しまったと思った。あの時、思わず口から出てしまった言葉だ。しかし、これも、当然、答えられない。アキラはまた黙り込む。

「それも忘れたのね。あなたって、本当に面白そう。ねえ、あなたのこと、アキラ君て呼んでいい。いや？」

「かまいませんよ」アキラは苦笑した。彼女の強引さには、とても抵抗できない。

「じゃあ。アキラ君、あなた、接客業、やったことないでしょう」

そう言われれば、接客業と言われるような仕事をした経験はない。花屋の店頭で販売をしたことはあるが、ごく短期のアルバイトだ。その前に食品会社で営業をしていたが、あれは、営業であって接客業ではない。

「ホテルという接客業をしている私から、お花屋さんという接客業をやっているアキラ君に、少しだけアドバイスがあるんだけど、聞いてくれる？」

「勿論です」

「まず、一つ。お客さんを待っている時、座って待っていては絶対にだめ。お客さんは、必ず立って待つ。それが基本。いい」

「はい」

「二つ目。お花を買ってくれそうな人と話す時は、その人の目をしっかり見て笑顔で話すこと。そして、買ってくれたお客様には、『ありがとうございました』と心を込めて、お礼を言う。これを、是非、実践してみて」

「はい。わかりました」アキラは、はっきりと返事をした。

「いい、お返事ね。では、部屋に戻りましょうか。お花代をお渡しするから」

彼女はそう言って立ち上がる。野鳥たちが、森から、一斉に飛び立った。

二人は部屋に戻った。彼女は、高級そうな封筒にお金を入れて渡してくれた。

「配達もして貰ったんで、少しだけ多めに入れておいたわ。それでたぶん、足りると思うけど」

「ありがとうございます」アキラは、心からお礼を言った。

「そのお礼も、なかなかいいよ。アキラ君、覚えるの早いね。今日は、配達してくれたお礼に、お昼を御馳走させてね。パスタにサラダだけだけど、いい？」

「はい」アキラは快活に答えた。久しぶりに人と話をしたい気分になったのだ。

「じゃあ、少しだけ待っててくれる。私、シャワーを浴びて、着替えてくるから。アキラ君も、シャワー、浴びる？」

「いえ。結構です」

「すぐに、出るから」彼女は、そう言ってバスルームに入った。しばらくして、シャワーの音が聞こえてきた。

アキラは外を見た。朝の強い日差しが弱まり、お台場と、レインボーブリッジが、くっきりと見えた。目をこらすと春絵と行った公園まではっきりとわかった。

（わたし、お店を開ける前に、ここで、こうして一人のティータイムを楽しんでいるの。

そうすると、よーし、今日もがんばるぞって気持ちになるの）

そう言った時の春絵の笑顔が現れた。そうしたら、アキラの胸が急に苦しくなった。

シャワーの音が止まり、バスの扉が開く音がする。アキラは、急いでジーンズのポケットからメモ用紙を出して、メモを書いた。

「花の仕入れがありますので、これで失礼します。今日は、ありがとうございました」

アキラはそう書いたメモをリビングルームの机の上に置いて、台車を脇に抱えて、静かに彼女の部屋を出た。

3

　由佳のおかげで、アキラにもいいことが起こった。由佳が、包んでくれた封筒には二万円を超える現金が入っており、そのおかげで支払期日は少し遅れたが、今月も、あの家族に養育費を送ることができたのだ。アキラは、由佳に心から感謝した。

　アキラは、由佳のアドバイスに従ってみることにした。花屋の店先では、立ったまままお客を待ち、少しでも何かを聞かれたら、相手の目を見て笑顔で話すようにした。すると面白いもので、女性の客も花を買ってくれるようになった。

　また、一つ、花が売れて「ありがとうございました」と頭を下げ、そのたびにホテルを見た。あれから一週間ほど経ったが、由佳は現れない。たぶん、あの書き置きに腹を立てたのだろう。せっかく昼食を用意してくれるというのを、僕は逃げるように去ったのだ。

　そう考えながらホテルを見ていると、ホテルから、よれよれの紺のスーツを着た中年の男性が出てきた。ホテルに向かって拳を振り上げて、何かブツブツと言っている。その男性が、こちらに向かって歩いてくる。痩せており、目がぎょろりとしていた。見覚えのある顔である。

(張さんだ）アキラは、心の中で叫んだ。

胡社長の下で働いていた張課長だ。髪は、あの時より更に薄くなっていたが、あのぎょろりとした目は張さんだ。アキラは、花屋の前に、〈配達中です。すぐに戻ります〉という、新しく作った札を置き、張の方に足早に向かった。

「張さん」アキラは大きな声を掛けた。

張は、ギョロギョロと目を動かして誰だと考えていたが、数秒後に、顔をくずした。

「アキラさんじゃないか。どうした。あなた、何故、こんなところにいる」

アキラでさえ興奮していた。張とは、三年前に、ここで会った時以来だ。確か、インドネシアに行くと、泣きそうな顔で言っていた。アキラは、なつかしい友人と再会したような気分になった。

「張さん、お久しぶりです」

「アキラさん、元気そうね」張はアキラを見て、嬉しそうに言った。

「張さんこそ。でも、張さんは、どうしてここにいらっしゃるんですか？」

「私、石に会ってきたんだよ」張の声が、急に不機嫌になった。

「石さんですか」アキラは、またその名前を聞いたと思った。

「そう、石ですよ。このホテルを盗んだ大泥棒だ」張はホテルに向かって、わざと大声で言った。アキラは、あたりを見回した。誰が聞いているかわからない。

「張さん、向こうでお話をしませんか」アキラは、自分の花屋のある方を指差した。

「いいよ」張は、ニコニコして言う。

アキラは張を露天の花屋まで連れてきて、予備のパイプ椅子を出して張を座らせた。

「これ、春絵さんの花屋さんじゃないか。春絵さん、元気か？」

アキラは困った。

「ええ、まあ」アキラは、曖昧に答える。張は、花屋をギョロギョロと見る。

「アキラさん、花の数が、だいぶさみしくなったんじゃないか」

張は、遠慮なしに聞いてくる。アキラは話題を変えることにした。アキラは由佳と知り合ってから、あのホテルのことが気になっていた。

「石さんと、どんな話をされたんですか？」アキラは椅子を引きずって、張に近づいた。

「どんな話も、こんな話もないよ。あいつは、本当にひどいやつだよ」

張は拳を振り上げて「あいつは、ひどいやつだ」と繰り返すばかりで、話がわからない。

「今日は、石さんに、どんな用件があったんですか？」アキラは、聞き方を変えた。

「私、あのホテルを買おうと思ってるのよ」張は真面目な顔で、そう言った。

「張さんが、あのホテルを買う？」

「そうよ。この私だよ」張はばかにされたと思ったのか、ムッとした。

「買うと言っても、ホテルって、高いものじゃないのですか」

「そうよ。とても高いよ。でも、私、インドネシアでビジネス始めて、とても成功したんだよ。だから、あのホテルを買い戻そうと、今日、石に会いに来たのよ。これ本当のことよ」

張はそう言ったが、アキラには信じられなかった。泣きそうな顔で、インドネシアに行くと言っていた人間が、どうやったら三年でホテルを買えるほどに成功するものなのか。それに、どうして、張があのホテルを買い戻すのか。それを知りたいと思った。

「張さん、どうして、あのホテルを買うんですか？」

「アキラさん、それ当然のことよ。あのホテルは、胡社長が、長い時間をかけて、育てた立派なホテルだよ。私も一生懸命、手伝ったよ。それなのに、あのホテルは石に盗まれて、今、大変なことになってるんだよ。あのホテルは倒産寸前なんだ」

「倒産寸前？」

「そうよ。あんな豪華な玄関作っても、客は三割も入ってないよ。あなた、信じられるか」

（三割）その数字には、少し意外な感じを受けたが、アキラは、ホテルとは、どれくらいの客が入ればいいかも知らない。だが、そう言えば、胡さんのいた時は、ロビーは客で一杯だったが、このあいだ花を持って入った時には、客はほとんどいなかった。

「アキラさん、ホテルは、どんな高級ホテルでも最低、六割は宿泊してもらわないと赤字になるよ。あそこは三割もいない。大赤字のはずだよ。私、専門家を雇って調べたんだから間違いないよ」

「専門家を雇って調べた」アキラは、話が深刻なようだと思った。

「胡社長の頃は、安くていいホテルだったから、いつもお客さんが一杯泊まってくれた。もうけは少なかったけど、みんなが満足してくれてまた泊まってくれたよ。だから、ホテルはいつも満室。大賑わいだったよ。だけど、石のホテルは、料金が高いだけで、サービス悪い。だから誰も泊まらない。見かけ倒しのインチキホテルだよ」張は、憎々しげに言った。

「見かけ倒しのインチキホテルですか」アキラは張の表現がおかしくて、繰り返した。

「そうだよ。見かけ倒しのインチキ張りぼてホテルだよ。倒産する前に、私が買い戻そうと思って、石に話しに来たんだけど、あいつ、私をバカにして『経営は順調だから、おまえに心配して貰うことは何もない。第一、おまえなんかに、このホテルが買えるはずがない』って鼻で笑うんだ。アキラさん、私、本当に怒ってるのよ」

張は、口の中に唾をためて言う。ホテルが、そんなことになっていることにも驚いたが、張が、あのホテルを買えるほどにビジネスに成功していたことにも驚いた。

「張さんは、インドネシアで、どんなビジネスを始められたんですか？」

「アキラさん、私のインドネシアでのビジネスの話、聞きたいか？」張が嬉しそうに言う。

「聞きたいです」

「アキラさん。お腹すかないか？」

アキラは腕時計を見た。夜の八時を過ぎている。いつもなら、店の横で、コンビニの弁当を食べている頃だ。今日は、まだ弁当も買っていない。アキラが、少し腹が減ったと言うと、張は、もっと嬉しそうな顔をした。

「それなら、アキラさん、今から私の店に来るか？」

「張さんの店ですか」

「そうよ。私の中国レストランの日本一号店が、オープンしたんだよ。本物の中国料理を出す店だよ。ここから近いよ。アキラさん、行こう」

張は立ち上がる。張の話は聞きたいが、アキラには、この店はあるし、トラックもある。このまま、ここにトラックを置いておいたら、帰ってきた時には、間違いなく駐車違反のキップを切られている。

「僕には、この店と車もありますので」アキラは遠回しに言ったが、張はきかない。

「それなら、アキラさんの店閉めて、アキラさんの車で、私の店に行こう」と張は言う。確かに、もう少ししたら店を閉める時間だ。少し早く店を閉めたところで、誰にも迷惑はかからないだろう。アキラは露天の店を片付けることにした。花をトラックに積み込み始めると、張も手伝ってくれた。

張の店は六本木にあると言う。アキラは、もう長く六本木には行っていない。張が道を教えてくれると言うので、アキラは、張を乗せて出発した。トラックが走りだす。

「アキラさん、この車、オンボロね。インドネシアのタクシーよりひどいね。アキラさんのビジネス儲かっていないか」張はニコニコしながらも、遠慮なく聞いてくる。

「そうですね。あまり儲かってませんね」アキラも、笑いながら答える。

張には、本当のことが言えるから不思議だ。

「困ったことがあったら、この私に、言って。アキラさんとは長い付き合いだから」

(長い付き合い？)張は、そう言うが、三年前に数回会っただけだ。アキラは首をかしげながら「はい」と返事をした。

「春絵さん、今、どうしてる。あなたたち、結婚したんだろ」

張がまた聞いてくる。これにはまいった。アキラは曖昧に返事をする。

張に言われたまま軽トラックを運転した。六本木のネオンがひときわまぶしい交差点を過ぎて、三本目の道を右に入った。六本木は路地に入ると急に道が暗くなる。並木は大きく、大層、高そうなマンションが並んでいた。アキラは、それを横目に見ながら運転をする。その道の行き止まりに明るい光がポツンとあった。

「あそこの前で、車を止めて」張が、その光を指して言った。

本当に、こんな所にご飯を食べさせる店があるのだろうかと疑いながら、アキラは車を止めた。張と車から降りる。

そこに、小さな朱塗りの門があった。門に〈竹林楼〉と達筆な字が金色に彫ってある。門を入ると、東京にはめずらしく竹林があり、小川が流れていた。その先に、二階建ての楼閣のような建物があった。まるで中国の賢人たちの隠れ家のような所だった。

「ここが、私の日本の一号店だよ。会員制だから、誰も知られない場所に作った。さあ、アキラさん、遠慮なく入って」

自動扉が開き、足を踏み入れる。そこは、まさに中華の世界だった。きらびやかな内装に、ゆるやかな胡弓の音楽が流れていて、何か、独特の匂いがした。

曲がりくねった廊下を歩き、一番奥の部屋に通された。中に入ると、三面が曇りガラスの部屋で、外の竹林がぼんやりと照らされていた。それが、中国の水墨画のように幻想的に見える。部屋の中央には、大きな円卓があり、張と円卓に座った。

「いらっしゃいませ」チャイナドレスの女性が熱い中国式の茶を出してくれた。その茶を飲む。

「アキラさん、何食べる？　何でも好きなもの注文していいよ。ここに出すのは、本物の中国料理だよ」張は、胸をはって言った。

アキラに、中国料理の知識が全くないので「おまかせする」と言うと、張は嬉しそうにメニューを開き、前菜、野菜料理、肉料理、豆腐料理、を一品ずつと、最後にスープを注文して、「北京から来た料理長に、今晩は、古い友人をもてなすから、一番の腕をふうようにと言っておいたよ」と言ってメニューを閉じた。

本当にうまい中国料理だった。食べ物には、全くこだわりのないアキラでも、うまいと思った。アキラは料理を食べながら、張に、なぜ中国レストランを出すようになったかを聞いた。

「私、胡社長のホテルに入る前、北京で一番、古くて伝統のあるホテルのレストランでコックやっていたんだよ」張は、目をどんぐりのように丸くして言った。

白い山高帽をかぶり、コック服を身につけている張の姿を想像した。確かに、張はホテルマンよりコックの方が似合っている。

「その北京のホテルのレストランで、私、胡社長と出会ったんだよ。ビックリしたよ。胡さんは私と同じ山東省の生まれで、学校も同じだったんだよ。アキラさん、中国人が一番信用するもの、何かわかるか？」張はそう聞いたが、アキラには見当もつかない。

アキラが「わからない」と言うと、張は、テーブルに身を乗り出した。

「中国人が一番に信用するものは、第一は家族。家族が一番なのは、日本人も同じかもしれないな。だけど、その次は、絶対に違うよ。中国人が、家族の次に信用するものは、同郷の友人なんだよ。特に、小さい頃からの友人さ。中国語で老朋友（ラオ・ポン・ユー）と言う。老朋友は日本で言う親友より、もっと濃い関係だね。義で結ばれた同志だからね。中国人は、老朋友のためにならば、命もかけるよ」

（命もかける）とは、オーバーな気がしたが、面白い話だと思った。アキラには、信用する家族どころか、一人の友人さえいない。

「アキラさん、水滸伝て知ってるか？」

アキラは、うなずいた。梁山伯に籠り、時の中国政府と徹底的に戦った男たちの物語だ。アキラは高校の時に、その物語を読んだことがある。特に感動を覚えたということはない。長い話だと思ったくらいだ。

「アキラさん、梁山伯は、山東省に本当にあるんだよ」

アキラは、意外に思った。梁山伯とは、小説のフィクションだと思っていたのだ。

「山東省の人間は義に厚いんだよ。胡社長は、義の人だよ。北京のホテルで私が作った料理を毎回、食べに来てくれてね、胡さんは、こう言ってくれた。『おまえの料理は北京で一番だ』って。私、とても嬉しかったよ。そして、ある時、胡さんから、誘いを受けたんだよ。『うちの日本のホテルに中国レストランを作ろうと思っている。そこの料理長になってくれないか』と言われたんだ。私、勿論、その場でOKしたよ。ここじゃあ、料理長どころか、いつまでたっても新米扱いだし、いつかは、自分の店を持ちたいと思っていたからね。それで、日本に行って胡さんのホテルに入ったのさ。結局、中国レストランは、いろいろ事情があって出来なかったんだけど、私、胡さんの下で働くことになったよ。それで、私、胡さんと義兄弟になったのよ」張は、幸せそうに話した。

張の話しぶりからして、張は、胡を、心底、慕っているのがよくわかった。あの胡の優しい顔を思い出すと張が慕うことは十分に理解できたが、アキラには、もっと知りたいことがあった。張がたった三年で、何のビジネスを、どうやって成功させたかだ。

「張さんは、インドネシアでどうやってビジネスを成功させたんですか？」

アキラは、ストレートに聞いた。

「そこだよ。私が言いたいのは。運命の神様とはいるものだね。インドネシアでも、私は老朋友に再会したんだよ。あいつとは、本当の幼なじみなんだ。故郷の同じ学校を出て、私は北京に、あいつは、親戚がいるマレーシアに渡ったんだ。それ以来、あいつと会ってなかったんだけど、インドネシアで、三十年ぶりにばったりと会ったんだよ。私、ビックリしたよ。あいつは大金持ちになっていたんだ。あいつ、マレーシアで親戚が経営していた小さな板金工場に入って、それをマレーシアで一番の板金加工会社にしたと言ったよ。それでお金が出来たから、そのお金で、シンガポールに出て、不動産ビジネスを始めて、それが大当たりしたと言うんだ。あいつは、次の国として、インドネシアに狙いをつけて、新しいビジネスを考えているところだったたんだよ」

「そうだったんですか」アキラは、かなりの興味を覚えた。

「あいつから、インドネシアで中国レストランのビジネスをやらないかと持ちかけられた。あいつは、インドネシアでは、不動産業ではなくて飲食業をやりたいと考えていてね、私が、腕のいいコックだったことを覚えていてくれたんだ。あいつは、根っからのビジネスマンだよ。インドネシアで、本物の味に近い中国料理のファーストフード店をやってみないか、この国は若者が多くて、今が伸びざかりだから成功間違いないって、あいつは言うんだよ。私、やると言ったよ。それが、神様が私にくれた最後のチャンスだと思ったからさ。あいつは、資金の調達先や人脈まで紹介してくれた。私、働いたよ。寝ないくらい働いた。それで、私の出した中国料理のファーストフード店の味がインドネシアで評判となり、二号店、三号店と店を出していった。途中からあいつの言葉に従ってフランチャイズ方式にしたけど、店はどんどん増えて、今では、インドネシアに、私の名前がついた中国料理のファーストフード店が百店以上あるよ。これ本当のことよ」

アキラは、正直、驚いた。百店とは、フランチャイズにしてもすごい。張は、更に、続けた。

「それで、だいぶ利益が出たんで、人に借りた金は全部、返した。あいつは、この方式で、他の国にも店を出そうと言ったから、私、次は、日本に本格的な中国料理店を出したいと言ったんだ。だけど、あいつは反対したね。日本は、政府の規制が厳しいし、競争も激しい。ビジネスで成功するには時間がかかる。次は日本よりアメリカだ。まずハワイに張の店の一号店を出そうと言ったんだ。だけど、私、初めて、あいつの提案を受け入れなかったよ。私は、胡社長に誘われた時から、日本に本格的な中国料理店を出すと決めていたんだ。日本人に、本物の中国料理を食べて欲しいからさ。それで、いろいろと調べて東京の六本木に会員制の中国料理の店を出すことにしたんだ。日本では、じっくりと腰をすえて、いい仕事をやる。これが日本で成功する秘訣だよ。これも、胡さんに教わったことさ。私、がんばって、この一号店を作ったよ。まだ、お客さん、少ないけど、口コミで新しい会員さんが入ってくれているよ」

張は顔一杯を笑顔にして言った。アキラは中国料理に全情熱を掛けているような張を、うらやましく思った。

「一号店も動きだしたんで、次に、石に盗まれた胡社長のホテルがどうなっているかを調べることにしたよ。これ、私の使命だからね。専門家を雇って調べてビックリだ。ホテルは倒産寸前なんだ」

「そうなんですか」アキラは、あのホテルが本当に深刻なことになっていることを知った。

「私の調査では、石は、すごい借金をしている。あのホテルは、とうの昔に、借金の抵当に入っているし、これ以上、経営が悪くなると、あのホテルは借金の代わりに売られてしまうよ。他の人間に買われたらおしまいだ。だから私、その前に、ホテルを買い戻そうと石に話しに来たんだ。だけど、石は話しさえ聞こうとしない。私、困ったよ」

張は「困った、困った」と言って、腕を組んで考え込んでいる。

アキラは、だいぶ事情が飲み込めてきたが、もう一つ気になることがあった。

「胡社長は、今、どうされていますか？」

張は、目を下げた。アキラは、イヤな予感がした。

「胡さん、病気なんだよ」

あの胡さんが病気をしている。考えてもみなかったことだ。張のうなだれ具合を見ると、だいぶ悪いようだ。

「重い病気なんですか？」

「胡さんは、中国の田舎の支店に行ってからも、仕事、がんばったよ。本当にがんばったさ。それで、胡さんは、田舎の小さな支店長から上海の大きな支社の支社長にまでなったんだ。上海の支社長といえば、会社の中で二番目の地位なんだよ。次は、本社の社長になるという噂まであったんだけど、胡さん、自宅で倒れてしまったんだよ。脳卒中なんだってさ」

「胡社長は、大丈夫ですか？」アキラは、腰を浮かした。

「命は大丈夫だよ。だけど、胡さん、体の半分が麻痺しちゃってね、車椅子になってしまったんだよ。神様は、どこにいるんだろうね。あんなにがんばった人を病気にしてしまうなんてさ。神様は、本当に不公平だよ」張は神様に文句を言って、天井をうらめしそうに見た。

「胡さんは、今、どこにいらっしゃるんですか？」

張は、いいことを聞いてくれたという顔をした。

「アキラさん、聞いてくださいよ。胡さん、会社を辞めて、山東省の故郷に帰ってしまったんですよ」

「会社を辞めた」

アキラには信じられなかった。石に密告され、左遷までされても懸命に仕事をしてきた胡社長が会社を辞めるとは信じがたい。

「胡さんは、どうして会社を辞めたんですか？」

「胡さんは、潔すぎるんですよ。『この体では、もう会社に報いることはできない。だから辞めさせて貰うんだ』て言うんだ。私、胡さんに会社を辞めないように説得したさ。今じゃあ、中国でも車椅子で仕事している人、たくさんいる。胡さんは、脳卒中といっても、ちゃんと話すことも出来るし、仕事をすることも出来る。車椅子でも立派に社長になれる人なんだ。でも、胡さん、辞めてしまった。石のようなやつが、のうのうと居座っているのに、会社のためにがんばってきた胡さんが、辞めることないんだよ」

張は、憎々しげに言った。アキラも、そう思う。

「胡さんは、これからどうされるつもりですか？」

「胡さん、これからは、子供たちに生きる道を教えるんだと言ってね、山東省の自宅で近所の子供たちを集めて教えているんですよ。なにも胡さんがやることじゃないよ」

張は大きなため息をついたが、顔を上げた。

「でもね、胡さん、日本のホテルのことはとても気にしてるよ。私、時々、仕事で中国に帰るんだ。そのたびに胡さんところに行くんだけど、胡さんは、いつも『日本のホテルはうまくいっているか』って聞くんだ。私、こないだ、胡さんに言ってやったよ。『石がやりだしてから、全然だめですよ。ホテルは大赤字で、もうすぐ倒産しますよ』って言ったら、胡さん、とても悲しそうな顔するんだ。だから、私、言ったよ。『今からでも遅くない、胡さんのお父さんに頼もう。もう、それしかホテルを守る方法がない』ってね」

「胡さんのお父さんですか？」

「そうなんだ。胡さんには、とても偉い義理の父親がいるんだよ。胡さんの本当の父親は、中国の人民解放軍の将校だったんだけど、朝鮮戦争で戦死してしまったんだ。でも、胡さんの父親にも老朋友がいてね。その人と、胡さんの父親とは、同じ町で生まれて同じ学校を出て、同じ部隊で戦った、本当の老朋友なんだよ。その人は、その後、人民解放軍の元帥にまでなったとても有名な人なんだ。中国人なら、その人の名前を聞けば誰でも知っているよ。その人は、胡さんを自分の養子にして育てた。胡さんも、義理の父親に尽くしたよ。その人は、軍隊は引退したけど、今でも軍にすごい影響力があるんだ。中国では、軍に影響力があるということは政府にも影響力があるということさ。その義理の父親、今の中国の若いエリートたちの腐敗ぶりに大変、怒っている。その人に、石のこと一言、言うだけで、石は一巻の終わりさ。私、三年前、あのホテルを石に乗っ取られた時にも胡さんに、義理のお父さんに助けてもらおうと言ったんだけど、胡さん、絶対に首を縦に振らないいんだ」

「どうしてですか？」

「中国人が、中国人を密告することは天の道に外れていると言うんだよ。私には納得できないね。石のやつが先に密告して、天の道に外れたんですよ。天の道も相手によるよ」

張は、本当に腹を立てていた。アキラも同感だ。

「では、どうするんですか？」アキラの声も大きくなる。

「どうするも、こうするもないよ。私が、がんばってホテルを取り返すしかないよ。でも、石のやつは売ろうとしない。困ったよ。ホテル売られて他人のものになってからでは遅いよ」

張は、「どうする」「どうする」とブツブツと言っていたが、突然、アキラを見た。

「アキラさん、手伝ってくれないか？」

「え」

「アキラさん、あのホテルの前で、花屋さんやってるんだろう。ちょうど、いいよ。あのホテルのこと調べてくれないか。ホテルが大赤字なのに、石のやつ、どうしてあんなに、のうのうとしていられる。私、とても不思議だよ。私が雇った人も調べたけど、中国の会社のことは、これ以上調べられないと言ってるんだ。私が直接調べると、石は中国人の間に情報網があるから、すぐにわかってしまうよ。アキラさんなら、日本人だし、石にも顔が知られていない。どうだ。頼むよ。アキラさん、胡さんを助けると思って手伝ってくれないか」

張は、アキラを拝むように言う。アキラは狼狽した。僕は、あのホテルの前で花を売っているだけだ。中国人のこともホテルのことも何も知らない。自分が手伝えるとは、とても思えない。

「張さん、僕には、むずかしいと思いますよ」

「あなた、胡さんに、恩義を感じないか。あのホテルがなくなってもいいか。あのホテルを取り戻したくないか」張がそう言って、迫ってくる。

アキラは困ってしまった。そんな探偵のようなことはやったことがないし、やれる自信もないのだ。しかし、胡さんに恩義を感じないかと言われると、感じないとは言えない。あの優しい胡さんが車椅子に乗って日本のホテルのことを心配していると聞くと胸が痛む。それに、石のやり方には、アキラでさえ憤りを感じる。それ以上に、あのホテルがなくなってしまうと、春絵があそこで、すばらしい花屋を開いていたことも、消えてなくなってしまう気がした。

「頼むよ。アキラさん。私たち、老朋友だろ」

(老朋友)アキラは、その言葉に驚いた。

僕は、この人たちのそんな関係なのだろうか。三年前に、たった数回、あのホテルで会っただけだ。なのに、僕を、そんな風に思ってくれる人がこの世界にいるのか。ならば驚きである。今までの僕なら、当然のことながら、こんな面倒な話は、きっぱりと断るところだが、今回だけは、そうしてはいけない気がした。

「張さん、少しだけ、考えさせてもらえませんか」アキラは、そう言うのが精一杯だった。

「アキラさん、ありがとう。それでいいよ。考えてみてよ」

張は立ち上がって、アキラの手を取って頭を三度下げた。その後、張は笑顔になった。

「ところで、春絵さんは、どうしている。あなたたち結婚して、花屋さん、一緒にやってるんだろう。胡さんも、アキラさんや春絵さんのことも気にしてるよ。だから、私、あなたたちのことも探そうと思っていたんだよ。今日、会えてよかったよ。ホテルを取り返したら、ちゃんとした所に二人の花屋さんを出せるように、私、協力する。これ、私とあなたの約束よ」

アキラは、これ以上、黙っていることはできなくなった。アキラは息を呑み込み、竹林がぼんやりと見える部屋の中で、三年前に起こったことを、張に話した。張の顔から、みるみると喜びの表情が消えた。

「ああ、そんなことがあるもんか！　日本には神様はいないのか！　アキラさん、自暴自棄になってはいけないよ。あなたには、この張がついているよ。心配ないよ。困ったことがあったら、なんでもこの張に言ってきてよ」

張はそう言って、涙まで流してくれた。アキラには、その涙が、なにものにも代えられない貴重なものに感じた。

アキラは張と会った翌日、露天の店の前に立ち、夜空に浮かぶ細い月を見ながら考えていた。春絵の最後に言った言葉だ。一体、あの言葉はどういう意味だったんだろう。

（アキラさんのやりたい夢をさがして。それを一生懸命にやるって約束して）

春絵は、本当に僕と花屋をやりたかったのだろうか。もしかしたら、そうじゃないんじゃないか。そんな疑問が起こった。今まで、考えもしなかったことだ。だとしたら、春絵が言った、僕の夢とは、なんなのだろう。そんなものが、この僕にあるのか。まるで、出口のない迷路に入ったような気分だ。

客の気配がした。

「いらっしゃいませ」アキラは、笑顔を浮かべた。

「アキラ君。お花屋さんらしい、いい笑顔になったね」目の前に由佳がいた。

由佳の顔を見て、アキラの心は大きく動揺した。

「おかげさまで」

「でも、アキラ君、あの時、どうして帰っちゃったのかしらね。私が、お昼、御馳走するって言ってるのにね」由佳は、後ろで腕を組んで言った。

「すいません」

「まあ、いいわ」由佳はそう言って、あたりを見回した。「これ、うちのホテルに古くからいる従業員さんから聞いた話なんだけど。昔、ここで若い女性がお花を売っていたらしいの。丁度、ここだそうよ。もしかして、アキラ君、その女性と何か関係があるの？」

由佳はそう言って、アキラを見上げた。アキラの心臓が激しく動く。自分の心臓の音が聞こえるんじゃないかと心配になるくらいだ。アキラの口から信じられない言葉が出た。

「関係ありません」

数秒、間があった。

「ならいいわ。アキラ君、これに応募してみない」

由佳は、後ろ手に持っていた紙をアキラに見せた。何か求人誌に載せる原稿のようだった。

〈ホテルの正社員、急募〉と書いてある。

「ずっと、ホテルの欠員を募集しないでやってきたんだけど、もう限界なの。やっと、上の了解が取れたんで、新しい社員を一名募集することにしたのよ。あの日、あなたとお話をしていて、ふと、あなたにこのお仕事どうかしらって思ったの。お昼を食べながら話そうと思ったら、あなた、帰っちゃうんだもの。どう、このお仕事やってみない？」

「僕が、ですか」アキラは、瞬きすらできない。

「私、あなたは、お花屋さんに向いてないと思う。これは、単純に向き不向きのことだから、悪くとらないでね。でも、あなた、意外に、ホテルマンが合うんじゃないかって思うの。どうかしら？」

「僕がホテルマン」アキラは、唸った。

「これは、私が勝手に思っただけのことだから、どうするかはあなたが決めて。でも、やるんだったら本気でやって貰うから、その覚悟だけはしておいてね。それと、あの時なら、私の一存であなたの採用を決めることが出来たけど、今は、求人誌に出すことになっちゃったの。だから、一応、面接試験もある。あなたは採用にならないかもしれない。そのことも頭に入れて、よく考えてみてね」由佳はそう言うと、アキラにその紙を渡してホテルに戻っていった。アキラの手に、求人誌の原稿が残った。アキラは、その紙を見直した。

〈ホテルの正社員一名、急募。経験は不問。年齢は四十歳まで可〉

アキラに、うってつけの条件だ。この僕が、ホテルマン。考えてもみなかったことだ。

4

月曜日の朝、アキラの部屋のインターフォンが鳴った。

月曜日は、アルバイトが休みの日なので、たいがい午前は部屋にいた。今も、洗濯をしていたのだが、そこに、インターフォンのチャイムだ。この公団住宅にはセキュリティゲートのようなものはない。直接、ドアの前まで人が来れる。アキラはインターネットで注文したものが何か届いたのだろうと、気軽にドアを開けた。

玄関の前に、きっちりとしたスーツを着た中年の男性が立っていた。アキラは、目を細めた。今まで会ったこともない男性だ。会ったこともない人間は用心することにしている。何かの飛び込み営業だろうと思ったが、それにしては身なりがしっかりしすぎている。

「なにか？」アキラは、迷惑そうに聞いた。

「お休みのところ誠に申し訳ありません。私、第百証券の中川と申します」

男性はそう言って、丁寧に名刺を差し出した。証券会社の営業マンかと思ったが、第百証券といえば証券業界では最大手の会社だ。そんな会社の営業マンが、こんな古い公団住宅に飛び込み営業をすること自体が、おかしい。それに、株は、あれ以来やってないし、考えたくもなかった。

「僕は、投資はやりません」アキラは名刺を返して、扉を閉めようとした。

「いえ。今日は投資のお話ではありません。個人的なお話です。少し、よろしいでしょうか？」男性は、妙なことを言いだした。知らない人物と個人的な話はしたくない。

「僕は、今、忙しいんです。またにしてください」アキラは、再び扉の取手を握った。

「では、単刀直入にお話しします。大変失礼ですが。あなたは、山際正さんのご子息、山際アキラさんではないでしょうか？」

アキラは声を上げそうになった。ともかく、この人間を遮断しなければいけない。

「いえ。違います。人違いです」アキラはそう言い、力一杯、扉を閉めようとしたが、男性は扉を閉められまいと、わずかな隙間に足を入れる。

「今日は、お父様のことで、大変、重要なお話があって参りました。どうか少しだけお時間をください」男性は丁寧ではあるが、強く、そう言った。

「僕に、父親なんかいない。人違いだ」アキラは声を荒げて、思いっきり扉を閉めた。

「山際さん、大変、重要なお話です。山際さん、お話をさせてください」

男性の声が扉越しに聞こえる。

あの忌まわしい過去が蘇ってくる。アキラは扉を背で押さえつけて、必死になってあの出来事が戻ってこないようにした。消えてなくなったはずのあの男の亡霊が、地の底から蘇ってくるのだ。動悸がしてくる。めまいが襲ってくる。アキラの頭の中は恐怖で一杯になった。アキラは扉を押さえて、必死に耐えた。

しばらくして扉から男性の声がしなくなった。恐る恐る覗き穴を見たら、男性は、まだ、そこに立っていた。アキラは耐えきれなくなった。玄関の靴箱の上にあった軽トラックの鍵をつかんで、扉を荒々しく開け、驚く男性を押しのけて扉に鍵を掛けた。

「山際さん」男性が、背中から声を掛けてくる。

「僕は、そんな名前ではありません。仕事がありますから出かけます。もう来ないでください」

アキラはそう言い捨てて、コンクリートの階段を一段おきに駆け下りた。

アキラは、それから、近くの河原の堤防で二時間ばかり寝転んで時間をつぶした。さっきのは、現実ではない。ただの悪夢だ。悪夢とは、朝日とともに消え去るものだ。明日には、もういなくなるだろう。アキラは、何度も自分にそう言い聞かせた。そして、昼過ぎに軽トラックに乗って、少し早いが青果市場で花を仕入れて、夕方、駅前のロータリーで店を出した。

その日は、ほとんど何も考えられなかった。悪夢だと振り払っても、あの負け犬の男の顔が浮かんできて頭から離れない。富士山に吸収されて消えてなくなったはずの男だ。今更、そんな男のどんな話があるというのだ。僕は、もう、とっくに縁を切っている。その日は、たまに花を買ってくれた客に、釣り銭を間違えたりした。

アキラは、いつものように夜の十時過ぎに自宅前に戻り、階段をゆっくりと上った。廊下を見るのが恐ろしい。まだ、あの男性が立っているような気がしたのだ。アキラは最後の階段のところで、廊下から顔を少しだけ出して、自分の部屋の前を見た。誰もいなかった。ホッとして、部屋に入り、郵便受けを開けてドキッとした。何通かのチラシにまじって、あの男性の名刺が入っていた。アキラは信じられない思いで、その名刺を手に取る。その名刺の裏に、細かい字で、メッセージが書いてあった。

〈山際アキラ様。突然の訪問の非礼をお許しください。山際正さんは、今、病院に入院されていて、危篤の状態です。あまり時間がありません。是非、あなたにお渡ししたいものがあります。私の携帯にお電話をください。何時でも、かまいません。お電話をお待ちしています〉

その下に携帯番号が記してあった。アキラは、名刺を持つ手が震えた。

（あの男が危篤で、時間がない）だと。（あなたにお渡ししたいものがある）だと。

ふざけるな。あれから、一度も連絡もよこさず、母親と、自分を捨てた男が、今更、僕に何の用があるといのだ。死ぬのなら勝手に死んで欲しい。あの男のせいで、僕の母親は、どれだけ泣いたことか。僕は、どれだけの時間を一人で過ごしてきたことか。腹の底から怒りがこみ上げてきた。その名刺を粉々に千切って、ゴミ箱に捨てた。その夜は、久しぶりに、あの家で起こったことを思い出して、悪夢にうなされた。

次の日の朝、軽トラックでアルバイト先の倉庫に向かった。花屋の道具も、一緒にトラックに積み込んだ。アルバイト先から、直接、駅前に行けるようにしたのだ。あの証券会社の男性が、また家に来るような予感がしたからだ。

アキラは、夕方、いつものように露天の店を出した。今日は、悪夢を振り払うように、大きな声で「いらっしゃいませ」「いらっしゃいませ」と威勢のいい声を出した。声を出していないと、あの恐ろしい情景を思い出してしまう。

（僕に、父親はいない。僕には関係ないんだ）アキラは、心の中で、そうつぶやく。

その夜、家に帰ると、恐れたものが、またあった。あの男性の名刺が二枚も郵便受けに入っていたのだ。アキラは息を飲み、名刺を手に取って裏返した。一枚目の名刺の裏には、「是非、お電話をください」とだけ書いてあり、二枚目の名刺には、メモ用紙がホチキスで閉じられていた。アキラは、それを怖々、開いた。

〈山際アキラ様。副理事長からご事情は聞いていますので、あなたが、ご立腹される理由はよくわかります。副理事長からは、アキラさんに、自分の容体は伝えなくてもいい、ただ渡してもらいたいものがあると、あるものを私に託されました。お父さんに会いたくなかったら、会わなくてもかまいません。でも、お父さんが最後にあなたにお渡ししたいと、切に願っているものを見てください。本当に時間がありません。今晩にでも、お電話をください。お待ちしております〉

アキラは息ができなくなった。あの男が僕に何を渡したいというのだ。不幸な思いなら、もう、十分、受け取った。アキラは真っ暗な部屋で荒い息で考えていたら、強い怒りがこみ上げてきた。いいかげんにしろ。そう一言、言ってやろうと、ジーンズの後ろポケットから携帯電話を取り出して、その名刺にある番号に電話をした。アキラは遠い昔に封印した鍵を開けざるを得なくなった。

次の日の早朝、アキラは、中川と家の近くの河原で会う約束をした。父親の影は絶対に、自分の部屋に入れたくなかったし、このあたりには人と会う適当な場所がなかったからだ。それで、気晴らしに来る河原の土手を指定した。そして、会うなら明るい早朝がいい。そうすれば悪霊は来ないだろう。

この河原は、多摩川が東京湾に流れ出る所にあり、羽田空港が間近に見えた。羽田空港からは、十分おきぐらいに、ものすごい轟音とともに巨大な飛行機が飛び立っていく。

約束の時間よりだいぶ早く、スーツの上着を右手に掛けた男性がアキラを見つけて、手を振りながら土手をよじ登ってきた。アキラは立ち上がった。

「山際さん、朝早くに、本当に申し訳ありません」

男性は全力で走ってきたようで、カバンと上着を土手において、額から噴き出る汗をハンカチで拭った。きっちりと整えられた短い髪の生え際に汗がにじみ出ている。アキラは、無言で土手のコンクリートの縁に座った。男性も、ハンカチをしまいながらアキラの横に座った。

「ここは本当に羽田に近いんですね。私は東京に出て来て、もう長いんですけど、旅客機をこんなに近くで見るのは初めてです。それにしても、よく、こんな大きなものが空を飛ぶものですね」男性は、そう言って人の良さそうな笑顔を浮かべた。それが、一層、アキラの心をかき乱した。あの男は、僕に何を渡したいと言うんだ。確か、この男性の名刺には中川とあった。

「中川さん、僕に、どんなお話ですか」

アキラは言葉を飾る余裕もなく、不愉快さも隠さずに聞いた。

「これは、大変失礼を致しました。このたびは、お忙しいところお時間をお取りいただき、誠にありがとうございます」中川は初めて会う時の営業挨拶のように、頭を下げた。

「いえ」アキラは、ぶっきらぼうに答えた。

「本題に、入る前に、少しだけ自己紹介をさせてください。それなしではお話が進みませんので、よろしいでしょうか？」中川は丁重な口調で言う。

その態度が、幾分、アキラに落ち着きを取り戻させた。

「かまいませんが、なるべく手短にお願いします」

「わかりました。実は、私は副理事長の下で、信用金庫に十五年間、勤めた者です。ご承知のように、信用金庫は吸収合併されてしまいました。その後、私もリストラの対象になりました。普通なら、吸収先の銀行に入り、どんな部門に回されようとも我慢をするか、思い切って地縁を頼りに地元で再就職するかですが、私は、ありがたいことに、東京の証券会社に再就職ができました。これも副理事長のおかげです。副理事長の大学のご友人が、私が今、勤めている会社の常務だったので、副理事長が直接頼んでくださったのです。おかげで、今でも家族四人、平穏な暮らしができています。副理事長には、本当に感謝しております」

中川は、そこでまた頭を下げた。アキラは、意外な感じを受けた。あの男が、そんなに親身になって、部下の再就職先を探していたとは知らなかった。

「そうですか」アキラは、そうとだけ言った。

「しかし、副理事長に助けてもらったのは、私だけじゃないですよ。副理事長は、リストラの対象になった信用金庫の部下たちのために、ほうぼうのご友人に頭を下げて回ってくだされ、そのおかげで、何人もの同僚が再就職することが出来ました。みんなも、心から感謝しています。それなのに、副理事長は、ご自分はそうなさろうとせず、みんなの再就職が一段落すると、一人で会社を去ってしまいました。私は、それが、残念でなりません」

アキラは驚いた。あんなにプライドが高く、仕事上で、あれだけ自分の大学時代の友だちに頭を下げることを嫌っていたあの男が、そんなことをしていたとは。

「たぶん、アキラさんは、知らなかったでしょうね。部下のためには頭を下げてでも、自分のことでは、けっして頭を下げない。あの方は、そんな方です。そのために、副理事長は自分の家族に大変な思いをさせてしまったと、そのことを大変、悔いておられます。こんな、お話、お聞きになりたくないですか？」中川はアキラを見て、心配そうに聞いた。

「いえ。続けてください」アキラは、思い切って言った。

部下に優しかったと言っても、自分の家族を犠牲にしたのだ。アキラには、ますます理解ができない。何故、そんなに優しい人間が、自分の家族を捨てるのか。新しい怒りさえ覚える。その理由が聞きたかった。

「よかった」中川は、アキラが心を許したと思ったようで、ホッとした顔をした。

「信用金庫に入ると、私のような新人はですね、まず、ご近所の商店や飲食店の融資の相談に回らせられるんですよ。だけど、私には、それが、うまく出来ませんでした。どうしても、知らない人の中に入っていって、『ご融資させてください』と言えないのです。自分は営業向きの人間ではないと、さんざん悩みました。それで、信用金庫に入って一年目の終わりに、当時、私の部門の本部長をしておられた副理事長に退職を願い出たんです。そうしたら、副理事長に一喝されました」中川は、そう言って苦笑した。

（あの男が怒った？）アキラは、それも想像が出来なかった。怒ったあの男の記憶がないのだ。

「副理事長が言うんです。『君は、金庫に入って、まだたったの一年なのに、もう降参するのか。ここで出来ないことが、どこでなら出来るというのか。三年は、ここでがんばれ』と言われてしまいました。私は、本当に困りました。がんばれと言われても、私には、どうしても『ご融資させてください』の一言が言えないのです。副理事長に、そう正直に話すと、私を融資を取ってくる仕事ではなく、その方々の資産運用をお手伝いするチームに入れていただけました。信用金庫も、これからは街のみなさんの資産運用のお手伝いを、本気でしなければいけないと副理事長が考えて出来た部隊です。『君が、融資のお手伝いが苦手なら、投資を徹底的に勉強して、それでお客様のお役に立て』と言われました。私は、必死で投資の勉強をしました。それが、性に合っていたんですね。勉強すればするほど、仕事が面白くなり、お客様ともお話しすることが出来るようになりました。その経験があったおかげで、今の証券会社でもなんとか仕事が出来ています。本当にありがたいことです」中川は、また頭を下げた。

しかし、アキラには、到底、納得が出来なかった。そんな立派な人物が、なぜ、あんなに酒におぼれて、母親に暴力まで振るうのだ。単に、外面がいいだけなのだ。僕は許さない。僕は、今でもあの男を、人間のクズだと思っている。中川は、そんな気持ちも知る由もないように話を続けた。

「アキラさんの存在を知ったのは、もう、だいぶ前のことです。アキラさんは、以前、投資をされていましたね」中川はそこで声を落として、アキラを見た。アキラは、返事をしなかった。

「うちの過去の顧客データを見ていて、わかったんです、うちから別の証券会社さんに口座を移管された方々のデータです。そういう方々に、もう一度、戻ってきて貰うのも僕の仕事ですから。うちからインターネット証券さんに口座を移管された方の中に、〈山際アキラ〉さんというお名前を見つけたのです。おやっと思いました。山際という副理事長の姓は、あの地方には多いですが、東京ではめったに見ませんし、副理事長から、息子さんのお名前を、カタカナでアキラさんと書くと聞いたのを思い出したんです。偶然にしては出来すぎている。会社のコンプライアンス上は、よくないことなんですが、アキラさんが当社で口座を開かれた時の基本情報を拝見しました。すると、年齢も副理事長から聞いていた息子さんと同じくらいです。そして、ご出身地が、あそこじゃないですか。これは、間違いなく息子さんだと思いました。取引履歴を見ると、日本の中小株を中心に一日に頻繁に売買をされている。それも、かなりの額です。これは、デイトレードをされているのだと思いました。危険だと感じて、そのことを副理事長に報告しました」

（あの男に報告した）アキラの顔が青ざめた。

自分の過去を調べたあげく、それを、あの男に告げたと言うのだ。この中川という人は、なんとお節介なことをするのだろ。

「あなたは、どうして、そんな余計なことをするのですか！」

アキラは立ち上がって、声をはり上げた。中川は、アキラの剣幕にあわてた。

「副理事長が息子さんのことを、とても心配されていることを知っていたから、お知らせしたんですが、余計なことだったんですね。誠に申し訳ありません」

中川も立ち上がって、頭を下げた。

「大変余計なことです。僕は、あの人のことを自分の父親だとは思っていません。ところで、渡したいものとは何ですか。早く言ってください。僕も忙しいのです」

アキラは、これ以上、過去の忌まわしい出来事に関わりたくなかった。

「前置きが長くなり、誠に申し訳ありませんでした」

中川はそう言って、自分のカバンから一通の封筒を出した。

「副理事長からは、アキラさんにこれを渡して、一言、『すまなかった』とだけ伝えて欲しいと言われています」中川は、それをアキラに渡した。中に何かが入っているような封筒だった。

アキラは怒りにまかせて、封筒を開け、逆さにした。封筒の中から通帳と印鑑が出てきた。通帳はかなり古いもので、表紙はだいぶ汚れていた。

「これは、何です」アキラは、顔を上げた。

「副理事長が働いて、お貯めになったものです。あなたに、これを渡して欲しいと言われています」

アキラの怒りが頂点に達した。ずっと消息不明だったあの男の代理人が、突然、現れて、死ぬ前に金を渡すから、それで許してくれと言うのか。それでは、あまりにも虫がよすぎる。

「冗談じゃない。僕が、どうしてこんなものを受け取らなければいけないんだ」

アキラはそう言って、その通帳を中川に突き返した。

「アキラさんが、ご立腹されるお気持ちは、私にも、わかります。でも、副理事長は、こう言われています。『アキラが、俺のことを許さなくていい。それは、当然のことだ。俺は、それだけのことをしてしまったのだから。だけど、俺が、ずっと、アキラのことを心配しているとだけ、伝えて欲しい』と。アキラさん、お願いです。通帳の中をお改めください」

（心配している）だと、余計なお世話だ。

アキラは興奮した手で、通帳を開いた。中を見ると、通帳のページには、毎月、十万くらい金が入金されていて、それが、総額で一千万を超えていた。アキラは、中川を見た。

「これは、どういうことですか？」

「これは、副理事長が、あなたのために働いて貯められたお金です。アキラさん。副理事長は、このお金をどうやって作られたのだと思いますか？」

中川は、アキラをまっすぐに見た。そんなことを聞かれてもわかるはずはない。どうせ、ろくな生活をしているはずはないから、ろくな金ではないのだろう。

「そんなこと、僕にわかるわけないでしょう。ギャンブルですか」

「違います。副理事長は、現場の作業員になって、このお金をお作りになりました」

アキラは予測もしなかった言葉に、中川を見た。

「現場の作業員って、建設現場で作業をする、作業員ですか？」

「そうです」

あの男が、現場の作業員として働いていた。とても信じられない。どこかで安酒でも飲んでいるか、どこかで行きだおれていると思っていたのだ。

「副理事長は、確かに、一時期、酒びたりの生活をしていました。しかし、あなたのお母様が亡くなられたと聞いた日から、お酒はピタッと止められました。それから、求人誌で、現場作業員の仕事を見つけて、働くようになられました。その時、副理事長のお年は五十代も半ばを過ぎていましたから、その年からやる仕事としては、かなりきつかったと思います。しかし副理事長は、一言も弱音を吐かれず、暑い日も、寒い日も現場に入り、一生懸命に働いておられました。副理事長は、その賃金からこのお金を作ったのです」

（現場の作業で、一千万の金を作った）

「信じられない」アキラは、思わず口走った。

「私も、こんなにお金が出来たことが信じられません。でも、私は、定期的に副理事長にお会いして、働くお姿をこの目で拝見していたのですから間違いはありません。さすがに、副理事長は、最近は、お年のこともあり、現場での建設作業ではなく、現場の前で交通誘導の仕事をやっておられました」

（あの男が、現場の前で交通誘導をしていた）アキラは、それも想像できない。

「副理事長に会いにいくと、『中川君、現場の仕事はいいよ。こんな俺でも、世の中のお役に立てているんだからね。子供たちが学校に行く時に、『おじさん、今日も、交通安全をありがとう』なんて、賑やかな声を掛けてくれるんだよ。本当に嬉しいよ。それに、寮もあって話し仲間もいる。飯は、近くに安くてうまい弁当屋があるんだ。最高だよ』て、笑いながら言うんですよ」

アキラは通帳を見た。古い汚れた通帳から、現場の前で、ヘルメットをかぶり道行く人に頭を下げている父親の姿が、うっすらと浮かんだ。

「私が、アキラさんが株のデイトレードをしているのではないかと報告したら、副理事長は、何ておっしゃったと思いますか?」

「なんて言ったんです」アキラは、食い入るように通帳を見ていた。

「あいつは頭がいい。いつか気がつく時がくる。その時まで、中川君、好きにやらせておいてくれ。万が一の時は、全部、俺が責任を取る。副理事長は、そうおっしゃったんです」

(全部、僕の責任を取る)アキラは、言葉が出ない。

「アキラさん、そんなことを言えるのは、世界の中で、たった一人です。父親しかいません。副理事長は、あなたのことを心の底から愛しています。だから、そのことを『心配している』と言う言葉に置き換えて、それをあなたに伝えたいとお考えになり、この通帳を私に託されたのだと思います。そのお気持ちだけは、どうか信じてあげてください」

中川はそう言って、頭を下げた。

(あの男が、この僕のことをずっと心配しながら、現場で働いていた)

アキラは雷に打たれたようになった。天と地が引っくり返ったような気持ちなのだ。

「私は、ある新聞の記事で、あなたが事故に遭われたことも知りました。私は、そのことも副理事長に報告しました」

（あの事故のことを言った）アキラは、放心状態になった。

「あの人は、何と言ったのです？」アキラは、うろたえながら聞く。

「『中川君、これは、全部、俺のせいだ。俺が悪かったんだ。俺は、その責任を取らなきゃいけない』と言って、一層、現場で働きだしました。体を壊すんじゃないかと思うほどに」

アキラの唇は震えていた。中川は、カバンから一枚の紙を出した。

「アキラさん、ここです。副理事長は、今、この病院に入院されています。主治医の先生のお話では、ここ数日が山だとおっしゃっています。どうか、副理事長に会いに行ってやってください。これが、本当に、最後になるかもしれないのです。私からもお願いします。この通り、会いに行ってください」中川は両膝に手をついて、深く頭を下げた。

（あの男、僕の父親が、もうすぐいなくなる）アキラは、ふらふらと土手を歩きだした。

「アキラさん、どこへ行くんですか」中川が、声を掛けた。

アキラは、中川から受け取った紙を振りかざした。

「僕は、ここに行くんです！」

アキラはその紙を握りしめて、土手を一直線に走った。今までの人生の中で一番速く走った。

アキラは駅に飛び込み、中川から貰った紙を見た。その病院はＪＲ山手線の西日暮里駅から徒歩十五分と書いてあり、簡単な地図もついていた。西日暮里なら、ここから電車で小一時間はかかる。アキラは、来た電車に飛び乗った。

西日暮里駅は、山手線にしては小さな駅だった。駅は高台にあり、遠くまで街並みが見渡せた。すでに、朝の十時を過ぎた頃だったので、ホームは閑散としていた。アキラは駅の改札を出て、中川からもらった紙にあった地図を見ながら走った。坂が多い複雑な地形で、途中で道がわからなくなり、マンションの前で掃除をしていた管理人らしき人に、地図を見せて病院の場所を聞いた。坂を駆け登り、その病院の前に着いた。

病院は四階建ての小さなビルで、雑居ビルのような建物だった。アキラは病院を見上げた。ここに、あの父親がいる。父親が家を出ていって何年が経っただろう。もう二十年は経っているはずだ。病院に入った。本当に小さな病院で、中は一目で見渡せた。一階には、受付と待合があり、待合には数人の患者がいた。受付に中年の女性事務員がいたので、アキラは、その女性に近づいた。

「ここに入院している山際正という人に面会したいんですが」

女性は、申し訳なさそうな表情をした。

「入院患者さんとの面会時間は午後二時からなんですよ」

アキラは、受付に両手をついた。

「山際正は僕の父親です。父が危篤だと聞いて来たんです」

女性は事情を飲み込んだようで、電話をしてくれた。

「お父様は、四階の四〇一号室にいらっしゃいます。すぐに行ってあげてください」

そう言って、エレベータまで案内してくれた。

父親は、ビルの四階の西側にある六人部屋のベッドに寝ていた。黒々としていた髪は、すべて白髪になり、体は子供のように小さくなっていた。しかし、アキラには、一目でそれが父親だとわかった。父親は眠っているようだった。アキラは戸口でそんな父親を見ていた。しばらくして、父親の目が開き、アキラと視線が合った。父親は、昔と同じメガネを掛けていた。やがて、そのメガネの奥の瞳が微笑んだ。アキラはその優しい瞳に吸い寄せられるように、父親のベッドの前に立っていた。

「これ」アキラはそう言って、ジーパンから通帳を出した。

父親は、ベッドの横にあった写真立てをつかんだ。その手が震えている。

「母さん、アキラが来てくれたよ」

アキラもその写真を見た。白い家の庭で、まだ小さいアキラを真ん中にして、母親、父親が笑顔で写っていた。今は、母親も父親の顔もはっきりと見えた。二人とも、若くて幸せそうだった。

「父さん」アキラは、思わず口走った。

「母さん。アキラが、俺のことを、また、父さんと呼んでくれたよ。おまえのおかげだ。ありがとう、ありがとう」父親は写真に向かって、そう言った。

アキラの胸に言葉に出来ない感情がこみ上げてきた。

「父さん、これ」アキラは、もう一度、通帳を出した。父親が、それを見る。

「アキラ、俺がおまえに残してやれるものは、それだけだ。本当に申し訳ない」

父親は、ベッドの中で体を折るようにして言った。

アキラの胸がはちきれた。アキラは、父親のベッドの横にひざまずいた。

「父さん。僕は、人を殺してしまいました。僕は、将来のある若い女性と、育ち盛りの子供がいる男性を死なせてしまいました。全部、僕の不注意のせいです」

父親は、アキラを見た。

「アキラ、それは、おまえのせいじゃない。この弱い父さんのせいだ。おまえと、お母さんを置いて逃げた、この弱い父さんのせいだ。おまえは悪くなんかない。悪くなんかないぞ。父さんが、天国で、そのお二人に、しっかりとお詫びをするから、おまえは心配するな」

父親はそう言って、ふとんから骨だけになった手を出して、アキラの頭をなでた。その手は昔のように大きくて強かった。アキラは、少年に戻っていた。

「父さん！」アキラは、父親の体に抱きついた。

「アキラ、すまなかったな。この父さんが弱かったばっかりに、おまえを一人ぼっちにさせてしまった。アキラ、辛かっただろう。本当に、ごめんな」

父親はそう言って、アキラの頭をなで続けた。この安らかな気持ちはなんだろう。自分にも頼れる存在があることを知ったからだろうか。アキラは、父親にしがみついた。

その日以来、アキラは病院に泊まった。相部屋の患者に迷惑にならぬよう、夜は、仕切りのカーテンを閉めて、父親のベッドの横にパイプ椅子を出して仮眠した。

三日目の早朝、アキラは、父親のかすかな声で目が覚めた。父親が水を求めていた。アキラは、父親にごく少量の水を与えた。看護師から、くれぐれも、多くの水を飲ませないようにと言われていたからだ。父親は、喉を鳴らして水を飲んだ。

「久しぶりに、おまえと、母さんの夢を見ていた。本当にいい夢だった。アキラ。中川君に、くれぐれも礼を言っておいてくれ。それと」

父親はふとんから手を出して、アキラの手をさぐるように取り、その手を力一杯に握った。どこに、こんな力があるのかと思うほどの強さだった。

「いいか。アキラ、おまえは、人の役に立つ人間になってくれ」

父親はそう言って、目をかっと見開いた。

「父さん、わかったよ」アキラはそう言って、父親の手を握り返した。

父親はそれを聞くと、本当に安心したように目を閉じていった。アキラは不吉な気分になり、父親に呼びかけた。しかし、何度、呼びかけても、その目が開くことはなかった。

＊

父親の葬儀は、病院の近くの小さな斎場で、ささやかに行われた。葬儀には、父の作業員の仲間という人が二人と、中川が来てくれた。葬儀が終わると夕方になっていて、アキラと中川は駅に向かった。駅前には、線路をまたぐ長い跨線橋があり、二人は、そこの跨線橋を無言で登り、どちらともなく跨線橋の中央で立ち止まった。跨線橋の下には各方面に伸びる大河のような電車の線路があり、そして、その先に沈みゆく夕日が見えた。

「中川さん、今回は本当にお世話になり、誠にありがとうございました」

アキラは、精一杯、頭を深く下げて言った。

「いえいえ、私は、たいしたことは何もしていません。でも、アキラさん、さみしくなりますね。これから、どうされますか」

どうするかと聞かれても、アキラには、何も思い浮かばない。

「わかりません」

「そうですか。でも、時間はたっぷりありますよ。ゆっくりとお考えください」

中川はそう言って、跨線橋の前の沈みそうな夕日をまぶしそうに見た。

「アキラさん、私は、本当に副理事長を尊敬しているんですよ」

アキラには、いまだに、そのことがよくわからない。

「うちの父親は、そんなに人から尊敬されるような人だったのでしょうか」

「ええ、すばらしい方でしたよ。私は今回のことでも副理事長から、大切なことを教えて貰った気がします」中川は、跨線橋の欄干を握って言った。

「どんなことですか？」アキラは中川に体をむけた。今は、父親のことは何でも知りたかった。

「人は、変わることが出来るということです」

「人は、変わることが出来る？」

「アキラさん、あの副理事長が、あのお年で建設現場に入って、毎日、楽しそうに仕事をされてたんですよ。信じられますか」

「僕には信じられません」

「それこそが、副理事長は、変わったということじゃないですか」

「変わった」アキラは、つぶやいた。

「でも、人が変わるには、担当の勇気と覚悟がいるんですね。あの時、副理事長には、いろいろなことが重なりすぎて、その重圧から逃げてしまったのでしょう。誰でも、そういう時はあるものです。でも、副理事長は、奥さんの死を聞いて、自分が逃げたことを心から後悔したのだと思います。母親がいなくなれば、アキラさんは、一人で厳しい社会に放り出される。なのに、父親の自分は現実から逃げ回っている。こんなことでいいのか。これは、父親として何としても変わらないといけないと、本気で思われたんじゃないでしょうか。それで、副理事長は、勇気を振り絞って酒を断ち、覚悟を決めて現場に入って、自分の生き方を変えたんだと、私は思います」

アキラはそう言われて、心にストンと落ちるものがあった。だが、まだわからないことがある。

「どうして、うちの父親は、変わることが出来たのでしょうか？」

「それは、アキラさん、あなたがいたからですよ。あなたには、絶対に悔いの残らない人生を送ってもらいたい。それには、親として正しい生き方をあなたに見せるしかない。副理事長はそう思われたから、変わることが出来たのだと思います」

アキラは、目をかっと見開いた時の父親の力強い姿を思い出した。

「アキラさん、あなたには副理事長の血が流れています。あなたも、きっと変わることが出来るはずです。あなたは、あなたの進むべき道をしっかりと歩んでいってください。副理事長は、それを心から望んでおられると思いますよ。いやね、こう言う私にも悩みがありましてね。私も変わらないといけないですが、副理事長のような勇気と覚悟がなくてね。まあ、お互い、がんばりましょう」中川は照れ笑いをしながら、そう言った。

アキラは自分に進むべき道などあるのだろうかと思いながら、中川と駅で別れた。

＊

（僕の進むべき道とは、一体、なんなのだろう？）

次の日の夜、アキラは駅のロータリーの花屋の前で、考えていた。

「おまえは、人の役に立つ人間になってくれ」

父親が最後に言った言葉だ。僕が、人の役に立てることとは、なんなのか？

アキラは帰り道、軽トラックを運転しながらも、ずっと、そのことを考えていた。

「あなたしかできないことが、あなたの夢なの」春絵は言った。

「あなたは、お花屋さんに向いていないと思う。でも、あなた、意外に、ホテルマンが合うんじゃないかって思うの」由佳が言った。

「アキラさん、胡さんを助けると思って手伝ってくれないか」張が言った。

アキラの頭の中で光が走った。

（この世の中に、僕を必要としてくれる人がいる）

アキラは車を路肩に停め、携帯電話を取り出した。

「アキラさん、どうした。なんかあったか」中国なまりの人物が出た。

「張さん、僕は胡社長のホテルを取り戻したいです。僕に協力させてください」

「アキラさん、本当か。私、嬉しいよ。本当に、嬉しいよ。あなた、胡さんのホテル取り戻すのに手を貸してくれるか。やっぱり、あなたは私の老朋友だよ。これで千人力だよ。私、来週、インドネシアに帰らないといけない。だから、その前に、もう一回、会いたいよ。明日、私の六本木のレストランに来てくれるか」

「わかりました」アキラは、そう言った。

5

アキラはホテルの狭い廊下に並べられた椅子に、スーツを着て座っていた。椅子は四脚ある。つまり、競争相手は三人ということだ。アキラは、ホテルの求人の面接試験を受けるために、ここで待っていた。

面接は、ホテルの一階の裏にある会議室で行われていた。部屋の中からはハキハキとした声が聞こえてる。だいぶ若い人間のようだ。アキラの握られた手のひらには汗がにじむ。

「ありがとうございました」と大きな声がして、会議室から若い男が出てきた。僕より十歳は若いだろう。その後ろから、中年の小柄な男性が顔を出した。

「山際さん、中へどうぞ」と言う。

「失礼します」アキラは部屋の中に入った。小柄な男性は、忙しそうに自分の席に戻る。

部屋には長机が一つあり、そこに三人が座っていた。一番右にいるのは石だ。興味なさそうに足を前に投げ出している。真ん中にいるのが、今、呼びにきた小柄な男性だ。額が広くテカテカと光っていて、アキラの書いた履歴書を熱心に読んでいた。一番左に由佳がいた。アキラの顔をじっと見ている。アキラは目をそらした。

「山際アキラさん、そこに掛けてください」

真ん中の男性が書類を見たまま、机の前にある椅子を手で示した。この男性が面接を仕切っているようだ。

「失礼します」アキラは、背筋を伸ばして椅子に座った。

「それでは、面接を始めます。山際さんは、以前、食品会社にお勤めだったようですが、そこではどのような仕事をされていましたか？」小柄な男性が聞いてきた。

「食品会社では、ルートセールスの営業をやっていました」アキラは、簡潔に答える。

「その会社であなたは社長賞を受賞されたようですが、どのような功績を表されたのですか？」

男性は、淡々と聞いてくる。

「東日本にある営業支店の中で、一番の売上を達成したことを表されました」

アキラの言葉に、石が少しだけこちらに顔を向けた。由佳が面白そうな表情を浮かべる。

「東日本の営業支店で一番の売上とは、具体的にどのくらいの金額ですか？」

「年間で、十億と少しです」

「十億」石が一声上げた。

「現在のお仕事はなにをされていますか？」男性は、次の質問をする。

「花店をやっています」

「花店」石があごに手をあてて、アキラを見る。由佳が腕を組んだ。

「どのような、花店ですか？」

「露天で花を販売しています」

「へ、露天の花屋」石は驚いた声を出す。

男性は、聞くことを変えた。

「では、当館を志望された動機をお聞かせください」

アキラは、これが最後の質問だと思った。大学四年生の時に、いくつかの企業の採用面接を受けたが、その時の最後の質問が、ほとんどこれだったからだ。

「貴館は、当地域で長く顧客に支持されているホテルだと聞いています。僕は、そんな貴館のお役に立ちたいと思ったからです」

「お役に立ちたいね」石は、興味なさそうに言った。

「わかりました。社長、総支配人、何か質問はありますか？」

男性が面接を締めくくるように二人に聞いた。石は首を横にふった。由佳は手を挙げて、立ち上がった。

「それでは、私から何点かおうかがいします。山際さん、あなたの履歴書によりますと、食品会社を退社されてから花店を経営されるまでに、六年ほどのブランク期間がありま す。この期間は何をされていたんでしょうか？」

アキラはドキリとした。このまえ、由佳から聞かれて返事をしなかったことだ。ここで、再び聞かれるとは思わなかった。

「アルバイトを、やっていました」アキラは、苦しそうに答えた。

「わかりました。第二の質問です。あなたの志望動機は、弊館の役に立ちたいということですが、あなたなら、弊館のどんな役に立てそうですか？」

アキラは、数秒考えた。こんなことも聞かれるとも思っていなかった。

「僕は、貴館を、今まで、以上に、みなさんに必要とされるホテルに出来ると思います」

そういう答えが出た。用意した答えではない。

「みんなに必要とされるホテルとは、具体的にどんなホテルですか」由佳が、続けて聞いてくる。

「再び泊まりたくなるようなホテルです」アキラは、直感で感じたことを話した。

「わかりました。最後の質問です。仮に、あなたが弊館に採用されたら、現在、経営されている花店はどうされますか？」

アキラは深い呼吸をした。これは、もう決めてきたことだ。

「店は閉めます」

「わかりました。私からは以上です」由佳は、椅子に座った。

アキラは面接を終えて、ホテルを出た。そして、近くのコインパーキングに駐車してあった軽トラックの中で、いつもの服に着替えた。これから店を出さなればいけない。花を路肩に並べながら、今受けてきた面接を考えていた。

（僕なら、貴館を、今まで、以上に、みなさんに必要とされるホテルに出来ると思います）

なぜ、あんな言葉が出たのだろうか。あんなことは、今まで一度も、考えたことがなかったのだ。春絵が、花屋をやっていた時、その働く姿がすばらしくて、自分も春絵と花屋を一緒にやることが一番良いことだと思った。しかし、実際に花屋をやってみて、みんなに必要とされる花屋にしたいと思ったことはない。これ自体がおかしなことではないだろうか。アキラは、漠然とそう思った。

面接から一週間が経ったが、ホテルからは何の連絡もなかった。

「ご縁があれば、こちらからご連絡します」と小柄な男性は言ったが、一週間も連絡がないということは、僕は落ちて、他の誰かに決まったということだろう。他の応募者は僕より、かなり若いのだ。よほどの経験や専門知識でもない限り、普通は若い方を選ぶ。アキラは、ホテルから採用の通知がこなくても、この露天の店は閉めようと思った。由佳の言ったように、僕は花屋には向いていないのかもしれない。自分がこれからやるべきことを見つけるまで、アルバイト生活に戻り、張に約束した胡社長のホテルを取り戻す方法を考えてみようと思った。


面接を受けてから十日目の夜、由佳がやって来て、驚くようなことを言った。

「あなたは、うちのホテルに採用されたわよ」

由佳は続けた。

「でもね、一カ月は試用期間なの。勤務状態では不採用になることもあるから、その点は、了解しておいてね。それで、いつからホテルに勤務できる」

「一週間、いただければ」アキラは、とっさに答えた。由佳は微笑んだ。

「あなたは一週間で過去と決別出来るのね。私、そういう潔い人、好きよ。来週からホテルで一緒にがんばりましょうね」由佳は笑顔で、そう言ってホテルに戻っていった。

(一週間で過去と決別する)そういうことになるのか。アキラは月を見上げた。

翌日、アキラは倉庫のアルバイト先に、今週一杯でアルバイトを辞めたいと申し出た。

アルバイト先の主任は、いろいろな言葉で引き留めてくれたが、それは僕が抜けた穴に頭を使いたくないからだろう。この仕事は、僕である必要はない。露店は、今ある花を売り切ったら店を出すのを止めるつもりだ。それで終わりだ。たまに、花を買いに来てくれた男性客や、最近、花を買ってくれるようになった女性客には悪いが、すぐに僕やこの店のことなんか忘れるだろう。僕の露天より、いい花を売っている店は、たくさんあるのだ。

次の月曜日、アキラはホテルに行った。ホテルの玄関で、石に怒鳴られていた青年がにこやかに迎えて、アキラを一階にある応接室に案内してくれた。そこに由佳が待っていた。

「山際さん、あなたには、当面、吉村君がやっていたドアボーイの仕事をやって貰います。ドアボーイの仕事は、ホテルに来られるお客様を、最初にもてなす重要な仕事ですから、しっかりと覚えてください。吉村君、山際さんに、仕事のやり方を教えてあげてね」

「かしこまりました。総支配人」吉村と呼ばれた青年は、元気な声で返事をした。それで、由佳が本当に、ここの総支配人なのだと実感した。

「じゃあ、山際さんと少しお話があるから、二人にしてくれる」由佳は、吉村に言った。

吉村がお辞儀をして出て行くと、由佳はソファーから体を乗り出してきた。

「あなたが本当に面接に来るなんて驚いた。何かあったの？」

アキラは、無言だ。

「面接の時、あなたが、お花屋さんを閉めると聞いて、もっと驚いたわ。どうしたの？」

アキラは、黙ったまま前を見ていた。

「あなたは謎だらけね。まあ、いいわ。面白そうだから。だけど、自分の名前は思い出したようね。これからは山際君と、呼んでいいかしら？」

「結構です」アキラは、短く答えた。

「あなたの採用はもめたのよ。社長の石も専務の陸さんも、陸さんて、あの面接の時、真ん中で話をしていた男性ね、あなたを採用することに強く反対したわ。特に、陸さんね。あなたは年が一番上だし、接客をした経験がない。うちのホテルの従業員には不向きだと言って、最後まで反対したわ」

「そうですか」確かに、その通りだ。

「でも、私、押し通しちゃった。あなたは、今、花店をやっているし、花店も立派な接客業だって言ったら、今度は、石社長が『露天の花屋なんかに、ホテルの仕事が務まるはずがない。第一、あんな無愛想な男はダメだ』って言うの。私、あなたが、前の会社で社長賞を取ったほど優秀な人間だと言ったら、石は『ここは食品を売るところじゃない。ホテルで儲けるところだ。もっと愛想がよくて、金儲けがうまそうな人間にしろ』だって。最後に『私はこのホテルの総支配人で、全責任は私が負うから、社員の採用も私が決めさせて貰う』って言って押し切っちゃったの」

アキラは、すぐに通知が来なかった理由を理解したが、どうして、由佳がそうまでしてくれるのかわからなかった。しかし、由佳の好意にはありがたいものを感じた。

「採用いただいてありがとうございます」アキラは、頭を下げた。

「でも、山際君、ホテルってむずかしい所よ。自信ある？」

「最大限、努力します」

「努力だけでは、だめ。結果を出さなきゃ」由佳はアキラの目を見て、言った。

「総支配人、僕は結果を出します」アキラは、はっきりと言った。

「山際君、順応力は高そうね」由佳は、初めて微笑んだ。

由佳は、アキラの給与や勤務時間などを説明してくれた。由佳の言った給与は、けっして多い額ではなかったが、不満はなかった。安くとも安定した給与はありがたかったし、今は、先日、自分一人が食べてゆければよかったからだ。トレーラーの運転手の遺族への養育費は、先日、父親が残してくれた貯金を使い一括で支払うことができたのだ。あとは、自分一人だ。由佳は、ホテルマンには定期的に夜勤があるので、試用期間が終了し正式に採用が決まった時に、この近くで住宅を借りる家賃を補助すると言った。これは大助かりだ。いつまでも、春絵の思い出のつまった部屋にいるのは良くないと思ったからだ。応接室を出ると、吉村が待っていた。

「山際さん、これから、よろしくお願いします」吉村は、アキラに丁寧に挨拶をする。

「こちらこそ、よろしくお願いします」アキラも、しっかりと頭を下げた。

吉村は、ホテルの制服の黒いブレザーを渡してくれた。アキラは更衣室でブレザーに着替えて、さっそくドアボーイの仕事についた。仕事についたと言ってもホテルの仕事のことは何もわからない。吉村が横について教えてくれた。吉村は実に親切な青年で、どんな些細なことでも、面倒がらずに教えてくれた。アキラは、その一つ一つを頭に刻み込んでいった。


次の日は、吉村が、ホテルの中を案内してくれた。アキラが、このホテルで知っている所といえば、ホテルのフロントと、胡社長のいた社長室くらいで、客室は、一度も見たことがない。

吉村は、まず、ホテルの一階を案内してくれた。一階には、ホテルのフロントと、窓側に、軽食を出す小さなカフェ、奥には夜のみ営業をしている鉄板焼きのレストランがあった。裏側に入ると、従業員の更衣室と、このあいだ面接を受けた会議室（ここは多目的室と呼ばれていて、昼食時には、ホテルの従業員が食事を取る場所になると吉村は言った）と、昨日、由佳と話をした応接室があった。次は地下だ。地下は、ホテルの宿泊客用の駐車場になっていたが、三分の一くらいのスペースはホテルの各設備の機械室があって、吉村は、その一つを見せてくれた。ホテルで使うお湯を給湯するボイラーの機械がある部屋で、この設備のメンテナンスも自分の担当だと言った。

それから客室階に上がった。客室階は、二階から十一階まであり、ほとんどの客室はエグゼクティブ・スイートという、部屋の広さが普通のシングルルームの倍はある部屋だった。窓が広く、明るい部屋で、大きなベッドが二つあり、入り口にはミニバーまであった。

「東京に、この広さの部屋ばかりのホテルは、ほとんどありません」吉村は誇らしげに言った。

最後に十二階に上がった。ここはアキラも知っている。前に胡社長と話をしたところで事務所と、その奥には社長室があるはずだ。事務所に入った。一番後ろの席で、このあいだ面接を仕切っていた陸専務が大きな声で電話をしていた。陸の電話は終わりそうもなかったので、吉村は陸をあきらめて、隣の社長室をノックした。中から返事はなかった。

吉村が「失礼します」と大声で言って、扉を開けた。そこは、三年前に、アキラが訪れた部屋だった。以前は、その部屋の中央に黒檀で出来たソファーがあり、壁には漢詩の書が掛けられていたが、今は、それに代わって、革張りのソファーと壁には高そうな西洋画が飾ってあった。部屋に石がいなかったので、アキラと吉村は、そのまま部屋を出た。

二人が一階に戻った時には、午前十一時を少し回っていた。フロントには、ほとんど客はいない。この時間は、お客のチェックアウトが終わり、チェックインの準備に入るまでのホテルにとっては凪のような時間なので、この時間に交代で昼食を取ると吉村は言った。吉村が昼食を取りたそうにしていたので、アキラもホテルの近くのコンビニで弁当を買ってきて、会議室で吉村と昼食を取ることにした。吉村はまだ独身で、昼食は母親が弁当を持たせてくれていると、はずかしそうに言った。

会議室に入ると、パートのおばさんらしき人たちがにぎやかにおしゃべりをしていたが、吉村とアキラが入ると、急に静かになった。これは、自分のような新参者に対する品定めだろうと、アキラは気にもせずコンビニの弁当を食べ始めたが、よくよく注意してみると、おばさんたちの関心はアキラより吉村にあるようだった。おばさんたちは、吉村の方を見ながらひそひそと話をしている。吉村は、うつむいた。

その日の午後から、アキラのホテルの仕事が始まった。アキラは、ドアボーイとしてホテルの外のベルデスクに一人で立った。吉村は、アキラのブレザーの襟に吉村と直接、連絡できる無線のマイクをつけてくれて、何かあったらこれで連絡してくださいと言った。これは、大変ありがたかった。客を待つことは花屋で慣れてはいたが、取り扱うものが違うと緊張感は全く違うからだ。アキラは背筋を伸ばして、ホテルの前に立った。

昼の三時過ぎに、初めての客が来た。初老の男性の一人客だった。その客は、会社員時代、東京に出張の時は、よくこのホテルを利用したと、なつかしそうに話し、「会社を定年退職して長らく東京に来ていなかったが、今回、親戚の法事で久しぶりに東京に来ることになったので、すぐにこのホテルを予約した。今日の宿泊を楽しみにしている」と嬉しそうに言った。

アキラは適当に相槌を打って、男性客を案内した。男性客はホテルに入り、ホテルの様子が変わっていることに気がつき、怪訝な表情を浮かべ、フロントの前に来ると以前とはすっかりと変わってしまったロビーを、とまどうように見ていた。アキラは、その客をフロントに引き継いで、一礼をして持ち場に戻った。そこに由佳が待っていた。

「ドアボーイの仕事、不合格」由佳は、レフリーのように言った。

アキラは言葉を失った。由佳は自分のブレザーのマイクに顔を近づけた。

「吉村君。今、大丈夫？　少しだけ山際さんのお仕事を代わって欲しいの」

吉村は急いでやってきた。由佳は、「三十分くらいお願い」と言って、アキラを応接室に連れていった。

「不合格の理由を言います。お客様にご挨拶をする時は笑顔でする。何かを聞かれた時には、お客様の目を見て、しっかりと返事をする。これ、あなたが、お花屋さんをやっていた時に教えたはずよ。あなたは、笑顔もなければ、お客様の目も見ていなかったわ」

その通りだ。アキラは、初めての客に注意を取られて、その余裕がなかったのだ。

「申し訳ありません」

「それから、お客様をご案内する時は、お客様のペースにあわせて歩くこと。あなたは、お客様をフロントに、さっさと連れて行って、それで終わりという態度だったわ。それなら、ドアボーイはいらないの。ドアボーイは、笑顔でお客様をお迎えして、お客様の不安を取ってさしあげる、それが第一の仕事なの」

「申し訳ありません」アキラは、また頭を下げる。

「それと、あなたのそのお辞儀の仕方も、全然だめね。お客様に、初めてのご挨拶の時は、四十五度の角度で、こうよ」由佳はそう言って、両手を前で軽くむすび、背筋をきれいに伸ばしてお辞儀をした。アキラも見惚れるくらい、きれいな所作だった。

「何を見ているの。あなたがやるのよ。あなたは食品会社では、社長賞を取ったほどの腕利きの営業マンだったかもしれないけど、ここでは、ただの新人なの。ホテルで、あなたが売るものは、食品でも、お花でもない、あなた自身なのよ。さあ、その思いを込めて、やってみて」

由佳は、アキラの背中を叩いた。アキラは応接室で、何十回もお辞儀の練習をさせられた。

「だめ、だめ、まだ背筋が曲がっている。これから、あなたはプロのホテルマンになるのよ。大丈夫？　もっと、しっかりと頭を下げなさい」由佳は、鬼のような形相で言う。

アキラは、全力でお辞儀を繰り返した。しばらくして由佳の顔が緩んだ。

「だいぶ、よくなってきたわ。これだけのお辞儀が出来るようになれば、大丈夫そうね。じゃあ、持ち場に戻って、吉村君と交代してあげて」由佳はそう言い残して、部屋を出ていった。

アキラは自分がホテルマンとして、やってゆけるだろうかと不安になった。

アキラはどこで由佳に見られているかもしれないと思い、ホテルの玄関前で緊張して立ち続けた。五時になると、ちらほらとお客が来た。由佳に教えられたことを頭に入れて客に応対し、アキラは、少しだけホテルマンらしくなった。

六時を過ぎると、それなりの数の客が来たが、なんとか応対が出来た。しかし、大変になったのは七時を過ぎた時だ。ガイドに案内された八人連れの団体客がやって来たのだ。荷物もたっぷりと持っている。アキラ一人で、荷物運びからフロントへの案内をやらなければならない。団体客は、にぎやかに話しこんでは勝手にホテルに入っていく。アキラは、お客の荷物を台車に載せて運びながら、追いかけるように客に対応した。しかし、八時を過ぎると、そんな団体客が次々とやって来た。団体客が三組、重なった時、ついにアキラだけでは手に負えなくなって、ブレザーのマイクロフォンで吉村に応援を頼んだ。吉村は、すぐに駆けつけてくれた。吉村は、実に手際がよかった。お客を見た瞬時に台車の必要数を割り出し、台車を用意する。台車にお客の荷物を要領よく載せながらも、お客と笑顔で話し流れるようにフロントに案内してゆく。これは技と言ってもいいだろう。吉村のおかげで、重なった団体客もスムーズにチェックインさせることが出来た。

九時を過ぎるとそんな団体客は来なくなり、ホッとした時に、別の厄介なものがやってきた。車の爆音だ。地に響くような爆音が聞こえたかと思うと、あのスーパーカーがロータリーに現れた。アキラは反射的に動いた。車に近寄って運転席のドアをサッと開ける。石が、降りてきた。

「おまえか」石は、うさんくさそうな顔でアキラを見た。

「お帰りなさいませ。社長」アキラはドアを開けながら、四十五度のお辞儀をした。

「うん」石は軽くうなずくと、アキラの目の前で車のキーを振り子のようにして見せた。

アキラは、先日、この車が地下駐車場のエレベータホールに一番近い所に止めてあるのを見た。

「社長、お車のキーをお預かりします。お車は、いつもの場所でよろしいですか？」

「頼む」石は鷹揚に言って、助手席を見た。

助手席には女が乗っていた。また、違う女だ。アキラは助手席に回り、助手席のドアを開けた。助手席から、女優のような大胆なドレスを着た女が降りてきた。アキラは女が降りるまでお辞儀を続け、ドレスの裾が挟まれないようにしてドアを閉めた。

「山際」石が、アキラに近づいた。

「はい。社長」

「おまえは、少しは使えそうだな。しっかり儲けてくれよ」石は、唇を斜めにして言った。

「かしこまりました。社長」アキラは頭を九十度、下げた。

「この人、新人さん？」車から降りた女が、興味深そうにアキラを見る。

「こないだ雇ってやったんだ。おまえ、また浮気するなよ」石が、女を引き寄せて言う。

「社長さんこそ、いつも浮気するから、わたしもこの人と遊んじゃおうかな」

「俺が、いつ浮気したっていうんだ。おまえみたいな、いい女がいるのに」

「社長さん、みんなに同じこと言ってるんでしょう」女は、ゲラゲラと笑った。

二人は笑い合って、ホテルの中に消えていった。アキラは頭を上げて、ベルデスクに戻ろうとした時に、由佳がフロントから、その二人を見ている姿に気がついた。

＊

ともかくも、アキラのホテルマンとしての生活が始まった。

午前十時くらいまでは、フロントで、チェックアウトをするお客の荷物運びや、タクシーの手配などをやり、その仕事が一段落すると、吉村の仕事を手伝った。吉村の仕事は広範囲で、ホテルの設備のメンテナンスからパート従業員の管理までやっていた。しかし、気が優しい吉村にはパート従業員の管理が特に大変なようだった。

ある日のことだ。吉村と客室でカーテンを取り替えていると、背がとても高いパートのおばさんが部屋に入ってきた。

「吉村さん、このシーツ、汚れが全然、落ちていないじゃないの。今度のクリーニング屋さん、安いだけで、ろくに洗ってないよ。お客さんに苦情を書かれるのは私たちなんだから、もっとましなクリーニング屋にしてよ」

背の高いおばさんは、吉村にシーツを押しつけるように渡した。吉村は、ベッドにシーツをひろげて汚れを探す。そうしていると、今度は小太りのおばさんが入ってきた。

「吉村さん、こないだも言ったけど、ここのバスタオル、古くてバリバリよ。こんなもの、もう使えないわよ。全部、新品に取り換えてくださいな」

小太りのおばさんも、吉村にバスタオルを押しつけた。吉村は困った顔で、バスタオルを広げる。そうしていると、今度は、かなり年配のおばさんというより、おばあさんが入ってきた。

「吉村さん、洗面台のお水が、なかなかお湯にならないですよ。また、ボイラーの調子が悪いんでしょう。ボイラーはいつ直るんですか？」

「ボイラーは、すぐには直りません。ボイラーの設備一式を変えないといけないので」

「そうなら、ボイラー一式をすぐに変えた方がいいですよ。また、先週みたいに夜中にシャワーのお湯が出ないって大騒ぎになるから」おばあさんは、言う。

吉村は、困惑した顔をしている。

「ホテルで、まともにお湯が出ないなんて、どうかしてるわ」

背の高いおばさんが、ヒステリックに言った。

「そうそう。このホテルにあるものって、みんな古くて、使い物にならないものばかりなんだもの。吉村さん、ホテルの偉い人に、そう言ってよ」

小太りのおばさんが、吉村を責めるように言う。

「すいません」吉村が、しきりにあやまっている。

アキラは、なんとか言ってやりたいが、なにせ、新人だ。立っているだけで何の役にも立たない。ただ、ここのホテルには、いろいろな問題があることだけはわかった。

「吉村さんて、いい大学出てるのに、ホテルの裏方の仕事も出来ないなんて、本当に役に立たない人ね」背の高いおばさんが言う。

「そうそう。背が高いだけで、何にも出来ないんだから」

小太りのおばさんが、ダメ押しのように言う。吉村の体が、更に小さくなる。

「ねえ、みんな聞いて。私、こんなホテル、辞めるわ。実は、私、来月から新しいところに行くのよ」背の高いおばさんが、腰に手をあてて言う。

その言葉に、小太りのおばさんが大きく反応した。

「え、どこに行くの。いいところがあるの。秘密にするなんて水くさいじゃない」

「私、来月からその先に新しく出来たビジネスホテルで働くことになったのよ。ここより時給、二百円もいいのよ。それに、そのホテル、ここと違って新品だしね」

「えー、二百円も高いの。私も行きたい」小太りのおばさんが、体をひねって言う。

「後で、詳しく教えてあげるわよ。まだ、パートを募集しているみたいだから」

「私、絶対に行く」小太りのおばさんが嬉しそうに言った。

パートのおばあさんが、ベッドの端に腰を下ろした。

「このホテルも、前の経営者の時は、ホテルの手入れも、パートの時給もよかったんだけどね、経営者が変わってからだめだね」

「本当よ。このホテルは、時給は全然上がらないし、あの女支配人は経費、経費とうるさいし、あげくの果てにお湯も出ないなんて、このホテルは、もう終わってるわよ」

背の高いおばさんが、まくしたてる。

「そうよ。そうよ」小太りのおばさんが、大きくうなずく。

「まあ、とにかく、今の時給分の仕事くらいはしようかね」

おばあさんは「よっこらしょ」と言って、部屋から出ていった。ほかのおばさんたちも持ち場に帰って行った。

仕事が一段落して、アキラと吉村はホテルの十一階の非常階段の踊り場に出た。吉村が休憩の時に来ると言う場所だ。非常階段は鉄柵に覆われていて、踊り場はまるで空中に浮んだ鳥カゴのようだった。車や電車の騒音が大きなうねりとなって下から渦巻いてくる。アキラは、自動販売機で買った温かい缶コーヒーを一本、吉村に渡した。

「山際さん、すいません」吉村は肩を落として、アキラにあやまった。

「何も、君が、あやまることじゃないよ」アキラは、缶コーヒーの蓋を開けながら言った。

＊

アキラはホテルに入って、一週間、このホテルを観察した。おばさんたちが言っていることは間違っていなかった。シーツはシミが随所に残っていたし、バスタオルは、まるで使い古しの雑巾のようだった。バスユニットは、恐ろしく旧式のもので、お湯になるまでに数分はかかった。すべてが高級ホテルにはそぐわないものばかりだ。要するに、このホテルは、外見だけは高級にしているが、中身は、胡社長の時代から、何も変えていないのだろう。それを、部屋の広さや、家具で、ごまかしているだけだ。これでは先が思いやられる。

ロビーに戻ると、由佳がフロントでスタッフと打ち合わせをしていた。由佳は、自由奔放な性格だったが、その一方で、よく相手の話を聞く女性だった。スタッフの話を最後まで聞いて、一つ一つに指示を出している。由佳がアキラに気がついて、こちらに来た。

「山際さん、少し聞きたいことがあるの。すぐに行くから、応接室で待っていてくれる」

由佳はそう言ってフロントに戻り、また次のスタッフと打ち合わせをした。

「待たせて、ごめんなさい」由佳が、応接室に入ってきた。

「いえ」

「入社して一週間の仕事を終えたアキラ君の感想を聞きたくてね。仕事は、どう？」

由佳は疲れも見せず、ソファーに座ってスカートを伸ばして聞いた。

「なかなかむずかしい仕事のようですね」

由佳には意外な答えのようだったようだ。

「ドアボーイの仕事って、そんなにむずかしい？」

「いえ、ドアボーイの仕事というより、ホテル全体の仕事のことです」

「ホテル全体の仕事？　アキラ君、ホテル全体を見てたの」

由佳は驚いたように言って、ソファーに体を沈めた。

料金受取人払郵便

新宿局承認

2523

差出有効期間
2025年3月
31日まで

(切手不要)

郵便はがき

160-8791

141

東京都新宿区新宿1－10－1

(株)文芸社

愛読者カード係 行

お名前《ふりがな》		明治 大正 昭和 平成 年生 歳	
ご住所《ふりがな》	□□□-□□□□	性別 男・女	
お電話番号	(書籍ご注文の際に必要です)	ご職業	
E-mail			
ご購読雑誌(複数可)		ご購読新聞 新聞	

最近読んでおもしろかった本や今後、とりあげてほしいテーマをお教えください。

ご自分の研究成果や経験、お考え等を出版してみたいというお気持ちはありますか。

ある　ない　内容・テーマ(　　　　)

現在完成した作品をお持ちですか。

ある　ない　ジャンル・原稿量(　　　　)

書　名				
お買上 書　店	都道 府県	市区 郡	書店名	書店
			ご購入日	年　　月　　日

本書をどこでお知りになりましたか？

1.書店店頭　2.知人にすすめられて　3.インターネット（サイト名　　　　　　）

4.DMハガキ　5.広告、記事を見て（新聞、雑誌名　　　　　　）

上の質問に関連して、ご購入の決め手となったのは？

1.タイトル　2.著者　3.内容　4.カバーデザイン　5.帯

その他ご自由にお書きください。

（　　　　　　　　　　　　　　　　　　　　）

本書についてのご意見、ご感想をお聞かせください。

①内容について

②カバー、タイトル、帯について

弊社Webサイトからもご意見、ご感想をお寄せいただけます。

ご協力ありがとうございました。

※お寄せいただいたご意見、ご感想は新聞広告等で匿名にて使わせていただくことがあります。

※お客様の個人情報は、小社からの連絡のみに使用します。社外に提供することは一切ありません。

■書籍のご注文は、お近くの書店または、ブックサービス（0120-29-9625）、セブンネットショッピング（http://7net.omni7.jp/）にお申し込み下さい。

「確かにむずかしいわね」由佳は、こめかみに指をあてて考えていたが、すぐに体を起こした。

「そういえば、社長、あなたのこと褒めていたわよ。あいつ、なかなか使えそうじゃないか、って。私、驚いちゃった。あの人が褒めるなんて、めったにないのよ。あなた、社長に何かやったの？」

「少しゴマをすっておきました」

「アキラ君、あの人にゴマをすったの」由佳は、とても驚いた顔をする。

「はい」ここでは、それが必要だからだ。

「そう。あなたは、あの人にゴマをすったか。なかなかやるね。もう一つ、聞きたいんだけど、吉村君、あなたから見て、どう思う？」

由佳は、吉村のことをだいぶ気にしているようだ。

「彼は、いいハートを持った青年だと思います」アキラは、本当に思ったことを言った。

「そう。あなたもそう思う」由佳は、嬉しそうな顔をした。

「私もそう思うんだけど、優しいところが逆に見える人もいてね、私、結構、困ってるの。彼を辞めさせろ、なんて言う人もいてね」

「社長ですか？」

「アキラ君、よくわかるね。でも、そう言うのは社長だけじゃないのが困ったところなのよ。あの子は、確かに、あなたのようにゴマをすることはできない。人の空気を読むのも下手。あの子は海外からの帰国子女なのよ。お父さんが長い間、アメリカでお仕事をされていてね、あの子は、アメリカで生まれて高校まで出たの。もう立派なアメリカ人よ。彼のお父さんが日本に帰任になってね。彼も一緒に戻ってきて、日本の大学を卒業して、デパートに就職したらしいんだけど、ほら、日本て村社会じゃない。彼はそのデパートで、さんざんいじめられたらしいのよ。それで、デパートを辞めて、うちに来たんだけど、ここでも、うまく立ち回れなくてね。私、とっても心配してるの」

アキラは、何かを言わなければならないと思った。

「僕は立ち回りのうまい人間より、ハートのある人間を信用します。そういう人間の方が、最後は頼りになる。新米の僕が偉そうなことは言えませんが」

「最後はハートのある人間が頼りになるか。アキラ君、いいこと言うね。じゃあ。あなた、これから、吉村君のこと面倒みてやってくれない？」

由佳は、突拍子もないことを言いだした。ホテルのことを何も知らない新米に、仮にも先輩の面倒をみろと言うのだ。ただ由佳が頼りにしてくれることは嬉しかった。

「はい、と言いたいところですが、僕は、まず、自分の面倒をみなければいけません。でも、出来る限り気をつけておきます」

「どうやら、あなたに、このお仕事を紹介したのは間違いじゃなかったようね。アキラ君、ホテルのことを、しっかりと覚えて、うちで、がんばってね」由佳は、笑顔で言った。

不思議なことだが、由佳の笑顔を見ているとアキラの心が元気になる。

「総支配人。わかりました」アキラは、はっきりと返事をした。

アキラは、休みの日に近くの図書館に行った。図書館に来るのは、株の勉強をした時以来のことだ。この図書館は前のように公園の中にある古い建物ではなく、大通りに面した近代的なビルの中にあった。ビルの玄関に入る時に、一瞬、あの男が彫像のように眠っているのではないかという錯覚を覚えたが、勿論、そんな男はいなかった。

アキラは、ホテルのことが知りたくて図書館に来た。ホテルのことは、今まで気にもとめたことがないので、何の知識もない。しかし、ホテルに入ったからには、ホテルのことを知る必要がある。それには、インターネットより、本を読むに限る。本は、物事を体系的にかつ重層的に知ることが出来る優れた勉強手段だ。だいたいの事柄は、本を読めば知ることが出来る。

この図書館の専門書のコーナーには、ホテル関係の棚があり、かなりの数の本が揃っていた。アキラは図書館でホテル関係の本を十冊ほど借り出して、仕事を終えた後、その本を家で読みふけった。ホテルの歴史。近代のホテルの経営形態。現在のホテルのシステムと問題点。どれも興味深いものだったが、特に興味が引かれたものは、ホテルでいかに利益を上げるかが書かれてあるホテルの経営学の本だった。アキラは、その本を繰り返し読んだ。

アキラは、次の週から朝早くホテルに出勤して、パートのおばさんの手伝いをすることにした。先週、数人のパートが辞めてゆき、由佳は新規のパートを募集したが、すぐには新しいパートが見つからなかったからである。今日のパートは、あの時、ボイラーを変えた方がいいと言ったおばあさんで、古くからこのホテルで仕事をしているらしく、このホテルのことをいろいろと教えてくれた。このおばあさんの話によれば、前の中国人の経営者の時は、ホテルの手入れも行き届き、料金も安かったので、お客さんの評判がとてもよかったのだが、石が社長になってから、高級ホテルにして料金を上げたので宿泊客は減り、ホテルの経営状態が悪くなった。それでホテルの従業員や維持費を減らしたため、客の評判がますます下がり、宿泊客は大幅に減った。その後、今の女支配人がやってきて、一人でがんばっているが、それも限界にきている。だから、お兄さんも早く次の仕事を見つけた方がいいとまで助言してくれた。張の言っていた、〈張りぼてのホテル〉というのは、本当のようだ。しかし、おばあさんも、このホテルをどうすればいいかまでは教えてくれない。アキラは、それを考えるようになった。

アキラは吉村の仕事を手伝うことで、出入りの業者とのやりとりに関わった。これで、わかったことがある。それは、業者には、ちゃんとした料金を支払わないと、必ずどこかで手を抜くということだ。粗悪なクリーニングが、その一例だ。ホテルは、何よりも手入れが大切で、それには金がいる。そのためにも、ホテルは利益を上げなくてはならない。アキラは、そう思うようになった。

アキラは、夕方にはホテルのドアの前に立って、客を観察することにした。ここに立って不自然に思うことがあった。こんな駅近のホテルだ。当然、来る客は、出張のビジネス客が多いのだろうと思っていが、ビジネス客は数えるほどしかいなかった。それでは、高級ホテルに看板替えをしたのだから、裕福な個人客が来るのだろうかと思ったが、そんな客は滅多にいなかった。驚いたことに、このホテルのほとんどの客は、地方からの団体客だった。夜の八時も過ぎるとホテルのロビーは、都内を観光してどこかで夕食を食べ、酒でできあがった客が集まり、まるで年末の宴会場のようだった。このホテルは高級ホテルを売りにしているが、実態は、東京に団体で観光に来る客で成り立っていた。このホテルは、とてもいい立地にあるのに、来るのは、どこで泊まっても同じような客ばかり。これは、とても不合理なことだ。何かが間違っている。アキラはドアボーイをやりながら、その間違いの理由を考えていた。

ある夜のことだ。アキラは吉村に用事が出来て、マイクロフォンで呼んだ。だが応答がない。もう、だいぶ遅い時間なのだが、その日は、まだ吉村は残っていることになってい た。真面目な吉村が、仕事をさぼるはずがない。それでは、吉村はマイクの電波が届きにくい地下の機械室にいるのではないかと思い、地下に下りたが彼はいない。アキラは二階から各階を順番に見て上がったが、彼の姿は、どこにもなかった。最後に十一階に来た時、自販機の横にある非常階段のドアが開いているのに気づいた。吉村が、休憩の時に来ると言っていた場所だ。外を覗いた。非常階段の踊り場に、膝を抱えて座っている吉村の姿があった。どうやら彼は泣いているようだった。アキラは戻ろうかと思ったが、考え直して、ドアを開けた。吉村はおびえた顔をして、立ち上がろうとした。アキラはそれを止めて、吉村の隣に座った。

「何か、イヤなことでもあった？」

吉村はしばらく黙っていたが、再び頭を膝頭に乗せて、肩を震わせた。

「僕は、ダメな人間なんです。フロント係も、ドア係も、パートさんの管理も出来ない、どうしようもない人間なんだ」吉村は、泣きじゃくった。

アキラの胸が痛んだ。そのことは、いつもアキラの心を覆っている黒い雲と同じ種類のものだからだ。しかし、この青年には、そんな気持ちになって欲しくなかった。

「君がダメな人間なら、僕は絶望的にダメな人間だよ」

吉村は驚いて顔を上げた。

「僕の絶望的な人生を、君にだけ教えよう」

吉村が、こちらを見ている。

「僕は、前の会社に入って、少しばかり営業成績がいいからと天狗になった。でも、給料は同期とほとんど変わらない。こんな会社にいるのがバカバカしくなって、誰にも縛られずに生きていくことに決めた。そして、そのために金持ちになるんだと会社を飛び出して、株の短期取引をやりだした。株は最初はうまくいったんだけど、途中で歯車が狂ってしまって、大失敗さ。それで、無一文になった。今度は、日本一の花屋を作るんだと露天で花を売り始めたが、花は全く売れず、僕は道端の石と同じになってしまった。僕の人生とは、そんな絶望的なものだよ」

「でも、僕は」吉村が何か言おうとした。たぶん否定的な言葉だろう。

「君は、けっしてダメな人間じゃない」アキラは、吉村の言葉を打ち砕くように言った。

「僕のどこがダメじゃないっていうのですか」吉村は、反発するように言う。

「君には、人に対する優しさがある。それは、みんなが持っているものではない。少なくとも、この僕にはない。だから、君は絶対にダメな人間じゃない」

アキラは自分でも驚くくらい強い口調で言った。吉村は、呆然としてアキラを見ている。

「君はいくつだっけ？」アキラはそう言ってから、これはかつて胡社長に聞かれたことと同じだと思い、心の中で苦笑した。

「三十歳です」

「君の人生は、今、始まったばかりじゃないか。君は、ただ迷っているんだよ。男は、三十になれば、誰でも迷うものさ」

「山際さんの三十歳の時は、どうだったんですか？」

「僕の三十歳の時は、君のように迷うこともなく、世の中がバカに見えて、人を見下していた。だから失敗したのさ。僕は、もっと迷うべきだった。迷っている間は、人間は大丈夫のようだ」アキラは、独り言のようにつぶやいた。そうしたら、自分が失敗した理由がよくわかったような気がした。その理由のあまりの単純さに、自分で笑ってしまった。すると、吉村の顔がほころんだ。

「山際さんは、どうしてうちのホテルに入ったんですか？」吉村が身を寄せてくる。

「僕は光のようなものを探している。僕を、この迷いから導き出してくれるような光を。それを探しに、ここに来たのかもしれない」

「その光は、ここにあるんですか？」

「それは、僕にもわからない。だけど、僕はこのホテルに入り、少しだけ、僕がやるべきことが見えてきた気がする」

「やるべきこと、ですか？」

「もうやめよう。こんな説教くさい話は。でも、人は迷うものだよ。自分の道を見つけるまではね。君は、いいものを持っている。だから、君は、きっと君のやるべきものを見つけるよ。僕も協力する」

一匹狼だったアキラが、こんなことを人に言うのは初めてのことだった。

「山際さん、わかりました。僕は、もう一度、がんばってみます」

吉村は、自分に言い聞かせるように言った。

「それはいい。それじゃあ、寒くなってきたからホテルの中に入ろう」

「はい」吉村は、立ち上がった。

6

一カ月が経過して、アキラは、ホテルの正社員として採用された。アキラは正社員になると同時に、フロント係になった。加えて、給与とは別に、住宅手当として毎月、五万円が支給されるようになった。この都心で、五万で借りられる部屋はないだろうと思っていたが、不動産の情報をインターネットでつぶさに調べてみると、築三十五年の西向きの極小のワンルームだが、共益費込みで月四万八千円という部屋を見つけた。おまけに、ホテルまで徒歩圏内である。アキラは、そこと賃貸契約をした。これで夜勤があっても、自宅まで歩いて帰ることができる。

アキラが遅番の勤務を終えて帰ろうとした時、由佳は、まだフロントのパソコンに向かっていた。このところ連日、由佳は、遅くまで残っている。

「総支配人、今日も遅いんですか」アキラは、気になって声を掛けた。

「貧乏、暇なしね」由佳は明るくそう言ったが、それは強がりだと思った。由佳の悩みが、わかってきたからだ。アキラは、フロント係になって、ホテルの内情を詳しく知ることが出来た。ホテルの宿泊状況は勿論、客の年齢、職業、宿泊単価、過去の宿泊履歴まで、フロントのパソコンで見ることが出来る。アキラは夜勤の時、いろいろなデータを調べてみた。それで、このホテルが本当に経営的に厳しいということを知った。とにかく、ホテルの部屋の稼働率が悪すぎる。

由佳は眉間にしわをよせて、パソコンの画面を見ている。その姿が痛々しく感じられた。

「それでは、お先に失礼します」アキラは、由佳に一礼して外に出た。

ある朝のことだ。チェックアウトの時間をだいぶ過ぎても下りてこない客が一人いた。こういうことは、時々あることだ。ほとんどが、客の寝過ごしか、連絡なしの滞在時間の延長だ。アキラはフロントから、その客室に電話を掛けた。

「大変失礼いたします。チェックアウトのお時間が過ぎましたが、お時間を延長されますか？」

アキラは丁寧に聞いた。

「なんやと」電話口から、関西弁のダミ声がした。

とても不機嫌な声だった。アキラは、イヤな予感がした。

「今行くから待ってろ」男は、そう言った。

数分もすると、ホテルのエレベータが開き、もう秋だというのにカンカン帽をかぶり、派手な刺繍入りのジャンパーを着た男が現れた。明らかに普通の客ではなさそうだ。

「今、電話してきたのは、おまえか」その男は言う。

「そうです」

「兄ちゃん、ゆんべは、えらいめにあったで」

男はそう言って、ルームキーをフロントデスクに叩き付けた。アキラはかまわず、ルームキーを受け取り計算書を打ち出した。

「ご宿泊料金です」アキラは、その計算書を請求書としてトレイに載せ、男の前に出した。

「宿泊料やと、こっちが金貰いたいくらいじゃ！」

男は、突然、ロビー中に聞こえるくらいの大声を出した。幸い、近くには客はいなかったが、窓側のカフェで朝食を取っていた男性客が一人いて、その客が、こちらを振り返った。

「お客様、そう言われましても」アキラはまた頭を下げて、トレイをもう一度、前に出した。

「ゆんべ、おまえんとこのホテルの部屋の暖房機がうるそうて一睡も出来へんかったぞ！おかげで朝寝坊じゃ。今日は、大事な商談があったんやが、もう間に合わへんわ。どないしてくれるんじゃ」男は芝居がかった態度で、威嚇するような声を出した。

これは、プロのたかりだと思った。絶対に手は出さないが、脅すようなクレームを付けてきて金を得ようとする。ホテル経営の本に注意すべき客として、この手のたかり客について書かれてあった。この慣れた芝居は、かなりの常習者だろう。アキラは、本での知識はあったものの、勿論、本物に遭遇したことはない。アキラは頭を下げながら対応方法を考えた。ここは警察を呼ぶべきなのだろう。先日、見回りに来た警察官が「暴力的な客が来たら、ここに通報してください」とチラシを置いていった。しかし、相手はプロだ。警察を呼ばれることは百も承知で、こうしているにちがいない。次は、どんな因縁を付けてくるかわからない。警察のカードは最後まで取っておくべきだろう。アキラの頭は高速で回転していた。アキラが黙って頭を下げているので、男は、更にヤル気が出てきたようだ。

「兄ちゃん、おまえでは、話にならんで。ここの責任者を出せ。ここで一番偉い人間じゃや」

男は、ドスの利いた声を出す。カフェにいた男性客が、この騒ぎに巻き込まれないように勘定をすませて出ていった。これ以上、この男に騒がれると、ネット上にホテルのあらぬ悪評を書かれるかもしれない。アキラは焦った。

「私が、ここの責任者ですが、何か問題がございましたでしょうか?」

気がつくと、隣に由佳がすました顔で立っていた。

「ホー、この美人のお姉ちゃんが責任者か。こりゃ、ええな」

男は、本当に驚いた顔をした。

「はい。私が、当ホテルの総支配人です」由佳はそう言って四十五度の角度で、お辞儀をした。

「このお姉ちゃんの方が話が早そうや。なあ、姉ちゃん、おまえんとこの暖房機がうるそうて、ゆんべ寝られへんかったで。おかげで、朝寝坊してもうて大事な商談はわやや。その慰謝料をくれ。慰謝料や」男は、本音を言いだした。

「お客様、慰謝料の前に、宿泊料のご精算をお願いします」由佳が言った。

男は、やや、あっけにとられた。

「お姉ちゃん、ええ度胸やわ。そっちが、その気なら、もっと、ええもん、見せたろか」

男はジャンパーを脱ぎ捨て、シャツの袖をまくりあげた。男の右腕には、見事な昇り龍の刺青があった。アキラは刺青を見るのは初めてのことだったが、なかなか美しいものだと思った。

「他のお客様のご迷惑になりますので、そのようなマンガはお収めください」

由佳は、きっぱりと言った。

「なに、マンガやと」男は、由佳の言葉に面食らったようだ。体勢を立て直すようにフロントデスクに肩を入れて「こりゃ、慰謝料じゃ。慰謝料をよこせ！」と、怒鳴り散らした。

「いいかげんになさいよ」由佳は、とても低い声で言った。

男は由佳の気迫に押されたようだったが、気合いを入れ直した。

「いいかげんにせいやと。こら！　これが怖くないんか」男が腕の彫り物を、由佳に突き出した。

「そんなものが怖くて、ホテルなんかやってられないわよ。これ以上、恐喝すると警察呼ぶわよ」由佳は、はっきりと恐喝と言った。

「恐喝じゃと、ボケ。わしが、どんな恐喝行為をしたというんじゃ。おまえのホテルに泊まって被害にあったから、その正当な慰謝料をくださいと、丁寧にお願いをしているだけやないか。それのどこが恐喝じゃ。警察、呼ぶんなら呼んでみい。なんなら、わしの弁護士先生と話しするか」男は皮の名刺入れから指に唾を付けて、大切そうに一枚の名刺を出した。

アキラは、とっさに、ある本にあった一文を思い出した。日本の法令では、治安維持の観点から、各宿泊施設に、宿泊者の正しい名前や住所を残すことを求めている。確か、それに虚偽の記載をすると旅館業法に抵触するはずだ。この手の男が、宿泊者カードに自分の本当の名前や住所を書くとは思えない。そうだ。昨日、男が書いた宿泊者カードだ。アキラは、男に悟られぬように、フロントデスクの下で、手だけを動かし、昨日、男が書いた宿泊者カードを探した。それが、すぐに見つかった。このみみずが這いずったような字だ。昨夜は、アキラがフロントを担当したので、夜遅くにチェックインしたこの異風な男が書いたカードは、よく覚えている。そこに書かれていた住所を、男に気がつかれないようにパソコンで検索した。予測通り、該当する住所は、なかった。

「お話中、大変失礼いたします。これはお客様の書かれたものですか?」

アキラは、男が書いた宿泊者カードをフロントデスクに出した。男は気勢をそがれたように、その紙を見た。

「そうや。わいのや。兄ちゃん、これに、なんか文句でもあるんか」

「お客様が書かれた住所が、地図のどこにも見当たらないのです。もしかしたら、お間違えではないかと思いまして」

「なんやて、住所がない?」

「もし、これに虚偽の住所を記載されますと旅館業法の違反となります。そのご確認のためにも警察の方に来ていただきましょうか?」アキラは丁寧にだが、きっぱりと言った。

こういう男には法律論で返すのがよいと、直感で思ったのだ。法律論は効果てきめんだった。

「住所がない。おかしいなあ。もしかしたら、住所を書き違えたかな」

男は自分の書いたカードを、まるで紙幣のすかしを見るように見た。

「それでは、こちらに正しいご住所をお書きください」

アキラは新しい宿泊者カードを出し、ペンも添えた。男は、うろたえた。やはり、こういう男は自分の住所を知られるのを嫌がるのだ。

「まあ、ええか。急ぐ商談でもないしな。今回だけは許したろか」

男は弁護士の名刺を名刺入れに戻して、言った。

「それはよかったです。それでは、これをご精算願います」

アキラは宿泊費の計算書をトレイに置いて前へ出し、頭を下げた。男は、呆然とした。慰謝料を取れなかったばかりか、ホテル代まで支払わされるのだ。

「わかったわい」男はいまいましそうに目を真ん中によせて、支払いをした。そして、それが礼儀であるかのようにあたりを威嚇しながら、玄関から出て行った。由佳は男の後ろ姿に形ばかりのお辞儀をして、男の姿が消えるとアキラを見て、クスッと笑った。

「やるね。アキラ君」

アキラは、そう言われると照れた。正直に言うと、足ががくがくしていたのだ。

「総支配人こそ、本当に怖い顔でしたね」

「アキラ君は、あのヤクザさんより私の顔の方が怖いって言いたいのね」

由佳は、声を出して笑っている。

「そうかもしれませんね」アキラも笑った。

「でもね、あのマンガのおじさんの言ったことは本当のことなのよ。うちのホテルの暖房機が古くて、とても大きな音が出るの。他のお客様からも苦情が出てるの。もう暖房機のシステムも全部変えなくちゃいけないいんだけど、その予算がなくてね」由佳は、眉を曇らせた。

アキラは、その問題もパートのおばあさんから聞いている。

「そうだ。アキラ君、今、時間ある。アキラ君がこないだ言っていたビジネスプランの話、聞かせてくれる」

「わかりました。少しだけ、お待ちください」

アキラは急いで更衣室のロッカーにある、自分のカバンから資料を取ってきた。まさか、こんなに早く話を聞いてくれると思わなかった。

アキラはフロントに入って、このホテルの経営状況の悪さを、数値で知ってしまった。まず、驚いたのは、このホテルの宿泊稼働率の低さだ。さすがに張のいう三〇％よりは多かったが、それでも、ホテルの宿泊率が五〇％を超える日は、ほとんどなく、年平均で四二％程度だった。それ以上に驚いたのは、その宿泊単価の安さだ。予想はしていたが、このホテルの宿泊客の大半は団体旅行のツアー客で、その宿泊単価は、このホテルがネットで公示している宿泊料の半分にも満たない額だった。宿泊率が五〇％を割り、その単価が定価の半分もない。これでは、ホテルが赤字にならない方がおかしい。アキラはホテル経営にはずぶの素人だ。誰に求められた訳でもないが、このホテルの経営を良くする方法を考えて、このホテルの取るべきプランを立ててみた。それがまとまったので、先週、由佳に、そのことを話したのだ。

アキラは応接室に入り、テーブルに自分がまとめたプランのシートを置いた。Ａ４の紙でわずか三枚のシートだ。由佳はソファーに座ると同時に、そのシートを手に取った。

「僕のビジネスプランの目標は、このホテルの宿泊客を増やし、ホテルの収益を上げることです。それで、それで、いいですね」

「うん。それでいい。話、聞かせて」

「一枚目のシートを見てください」

由佳は一枚目のシートに目を近づける。一枚目のシートには、東京の地図があった。地図上には、東京の鉄道網が載っており、そこに、このホテルの位置がターゲットマークで印されていた。

「ホテルの宿泊客を増やし、収益を上げるためには、このホテルのメリットを最大限に生かさなればいけません。一枚目の地図を見れば、おわかりいただけると思いますが、このホテルの最大のメリットは、交通アクセスの良さです。それも抜群にいい。ここは、ＪＲ山手線の主要駅を出て徒歩わずか一分の位置にあります。こんな便利な立地のホテルは、東京には、ほとんどありません」

「うん。そうね」由佳はシートの地図を見て、うなずいた。

アキラは、この計画を考え始めた時、まず思い起こしたのは胡社長時代のビジネス客の賑わいだった。アキラ自身、何度かこのホテルの予約を取ろうとしても、そのたびに満室で取れなかったことがある。その一番の理由は、このホテルの交通アクセスの良さだろう。

「このホテルのアクセスの良さは、東京都内に限ったことではありません。ここは新幹線の停車駅から、わずか一駅の距離にあります。慣れれば、新幹線を降りてこのホテルの玄関口まで、十五分あれば来られます。これは地方から定期的に東京に出張に来るビジネスマンにとって大きなメリットです。そして、このホテルは空港へのアクセスも、とてもいい。羽田空港には、車でも電車でも三十分程度で行けます。成田にも、ほぼ電車一本でいける。つまり、ここに泊まれば、国内でも、海外でも、どこからでも楽に東京に入れますし、楽に出ることが出来ます。こんなホテルは、なかなかありません」

「そうなんだ」由佳は、シートを見ながらつぶやいた。その点に初めて気づいたようだ。

「そこを、当ホテルの売りにするのです」アキラは、シートを振るようにして言った。

「どんなことをすればいいの？」由佳は、顔を上げた。

「二枚目のシートをご覧ください」

由佳が、急いで二枚目のページをめくる。二枚目のシートにはグラフがあった。

「これが、現在のこのホテルの宿泊稼働率と宿泊単価です。これは、僕がフロントの宿泊データから取ったものなので完全なものではありませんが、それほど外れたものではないと思います」

由佳は、グラフをじっと見る。

「グラフを見るまでもありませんが、このホテルの一番の問題点は、宿泊稼働率の低さです。年平均で四二％しかない。東京では、高級ホテルでさえ年間六〇％は稼働しないと採算割れになると言います。うちのホテルで、この四二％は問題です」

「うん。問題ね」由佳は、低い声で言う。

「もっと大きな問題は、宿泊単価の低さです。当館の宿泊単価は、インターネットで公示している宿泊料の五〇％もありません。この単価は、もはや問題外です」

「え、そんなに安かったの」由佳は、あきれたように言う。これも初めて気がついたようだ。

「この単価の安さは、当館の宿泊客の大部分が安いパック旅行のお客さんだからではないでしょうか」

「そのようね」由佳は、相当なショックを受けたようだ。

「当館は、思い切った戦略の変更をしなければなりません」

「どこを、どう変えればいいの?」

「まず、すべきこととは、このパックの団体旅行客を大幅に減らし、公示宿泊料が取れるお客さんを集めることです」

「そうなんだけど。団体のお客さんがいなくなると、他に泊まってくれる人がいないのよ」

由佳は救いを求めるように、アキラを見た。

「次のページを見てください」

由佳は、待ちきれないように三枚目のページをめくる。次のページに、太いボールド書体で〈東京の定宿ホテルを目指す〉と書いてあった。

「東京の定宿ホテル」由佳が、首をかしげて言う。

「さきほどお話ししたように、このホテルの最大の売りは交通アクセスのよさです。この交通アクセスを最も重視するのはビジネス客です。彼らは、とにかく忙しい。東京の本社では、会議や打ち合わせが朝から並び、午後からは何件もの顧客訪問が待っています。夜は夜で、仕事を円滑に進めるために同僚や上役との交流会がある。東京でやることは山のようにあります。出張で泊まるホテルは、一分一秒でも駅に近い方がいい。その要求に、うちのホテルは、十分に応えることができます」

「うん。応えられるわね」由佳が、深くうなずく。

「そこを売るのです。幸いなことに、当館の近くには、日本を代表するような大企業の本社が、いくつもある。僕が、ざっと調べただけでも、ここから徒歩圏内に大企業の本社が三社あります。タクシーを使えば、その数倍の企業があるでしょう。彼らは、地方に支店や工場をたくさん持っています。日本だけではなく海外に支店網や生産拠点を持っている会社もあります。ということは、当館の前を、毎日のように大企業の出張者が大勢、行き来しているということです。僕たちは、その客をつかむのです」

「でも、会社の出張のお客さんなら、うちよりも安いビジネスホテルに泊まるでしょう。そんなホテルなら、この近くに、たくさんできたよ」

「確かに、部屋はネットカフェ並みに狭くて朝食はなしというホテルは、たくさんあります。料金も安い。でも、出張者はみな疲れています。ただ眠れればいいというわけじゃない。忙しい出張の夜くらいは、ホテルでゆっくりと休みたいものです」

「どうして、アキラ君にそんなことわかるの？」由佳が、資料から目を上げた。

「僕も、一時期、サラリーマンをやっていましたから彼らの気持ちは、よくわかります」

「そうだったわね。続けて」由佳は、ソファーに座り直した。

「うちのホテルなら、部屋は広いし、家具も立派です。ミニバーも付いている。部屋からの眺めもいいし、一階のカフェは、そんな安ホテルに比べたら、比較にならないほど立派な朝食を出します。うちのホテルは、交通は至便で、かつ、ゆったりできる。それでいて、料金はリーズナブル。こういうホテルは、東京に実に少ない。僕がビジネスマンだったら、うちを一番に選びますね。そういう客が、このホテルのメインの客になるべきなんです」

「そうなんだ」由佳は、資料を食い入るように見ている。

「もう一つ、ビジネス客のいい点があります」

「なに？」由佳が、身を乗り出す。

「彼らは、一度、ホテルを気に入ると、かなりの確率でリピート客になってくれるという点です。彼らは、ホテルを渡り歩くことを好みません。彼らは東京で定宿にできるようなホテルを探しているはずです。そんな宿があれば、東京での仕事に集中できるからです。だから、ビジネス客は、一度、そのホテルを気に入れば、定期的に泊まってくれる可能性がとても高い。うちが、彼らの定宿のホテルになれれば、うちのホテルの年間宿泊率はぐーんとアップするはずです」

「それ、いいね！」由佳は、飛びつくように言った。

「更に、もう一つ、ビジネス客にはいいことがあります。東京に来るビジネス客は、季節による変動が少ないということです。普通、ビジネス客は、年度初めの四月が一番、動きますが、東京では、一年を通じていろいろな行事がありますので、年間で安定したビジネス客が見込めます。このことは、ホテルの経営には重要なファクターになるのではないでしょうか」

「うん。そうかもしれない」由佳は両膝をそろえてうなずいたが、すぐに不安そうにアキラを見た。

「でも、どこから、そんなビジネスのお客さんを集めるの。旅行代理店にでも頼むの？」

「代理店はダメです。彼らの仲介手数料は高いし、恐らく、一度に数が出ないビジネス客には、熱心にはならないでしょう」

「じゃあ、どうするの？」

「僕たちで探すのです」

「私たちで？」由佳は、不思議な話を聞くような表情を浮かべた。

「僕たちで大企業を回ってみるのです。まず、この近くにある大企業の総務部門にあたってみましょう。今は、出張者自身が、自分で宿泊ホテルを予約する会社が多くなったと聞きますが、まだまだ地方の出張者は、東京に土地勘がないので東京の総務部門を頼っている社員が多いのではないでしょうか。その総務部に網を掛けるのです」

「総務部か。そういえば、こないだ泊まったお客さんが、有名な会社の総務部長をやってるって自慢そうに言ってたな」由佳が、思い出したように言った。

アキラは、指をパチンとならした。

「その総務部長です。総務部長は、会社の幹部の出張には特に気を使います。自分の出世に関わるからです。総務部長は会社の幹部が喜ぶホテルを真剣に探しているはずです。そして、その会社の幹部こそが、僕たちが最初にターゲットにすべき人たちです。なぜなら、幹部社員を取り込めれば、その下の人たちも自動的に取り込めるからです。そうなれば、当ホテルの宿泊者は大幅に増えるはずです。まず、総務部長の心をつかむ宿泊プランを作って、僕たちで営業をかけてみましょう」

「わかった。面白そう。やろう」由佳は、目を輝かせた。

「だけど、アキラ君、ここに来てまだ二カ月たらずでしょ。よくここまで考えつくね。あそこでお花を売っていた人とは別人だわ」

(花を売っていた人とは別人)

確かに、今、この瞬間、僕は自分の全知をしぼって考えているという感じがする。花を売ることにこれほど頭を使ったことはない。僕は、これまで、近場以外にほとんど旅行に行ったことはなく、ホテルに、特段、興味を持ったこともない。しかし、このホテルに入り、ホテルの勉強を始めてから、ホテル関連の本で地中海の史跡めぐりの旅行記なんかを読むと、ヨーロッパの古いホテルに泊まって、ローマ帝国の史跡を巡っている自分を想像する。そうすると、自分が、まるで一人の旅人になって無限の時間と空間を移動しているような気分になる。そういう旅人たちに、安らげる宿を提供する仕事がホテルなら、ホテル業とは、なかなか夢のある仕事ではないかと思うようになった。

「総支配人、ある本にこうありました。『旅とは、不安で始まり、出会いで胸が膨らみ、満足して一生の思い出になる』僕は、このホテルが、そんな旅人たちの思い出作りの宿になればいいと思います」

「旅人たちの思い出作りの宿か。それって、とってもロマンティックな言葉ね。私、ホテルって、なんて夢のない仕事かと思っていたけど、私が間違っていたのね。私もがんばるから、アキラ君も手伝ってね」由佳は、アキラを見つめて言った。

「はい」アキラは、強くうなずいた。

＊

その日のお昼前に、ちょっとした客とのトラブルがあり、その処理をしている間に、約束の時間を過ぎてしまった。アキラは駅のデッキを駆け上がって、突き当たりのレストランの扉を開けた。以前は、洋食、特にハンバーグを売りにしていた店だが、今ではカジュアルなイタリアンのレストランになっている。店は、すでに近くのオフィスに勤める客で一杯だった。その店の一番奥のボックスシートに、先輩の長い顔が考え込むように座っていた。また、怒鳴られるかもしれない。アキラは、覚悟を決めて奥に入っていった。

「先輩、遅れてすみません」アキラは、頭を精一杯、下げた。

先輩はアキラの顔を、じろりと見る。アキラは身構えた。

「アキラ、すまん！」

先輩は、突然、両手をテーブルの端について、頭をテーブルにつけた。アキラは、あわてた。

「先輩、どうしたんですか」アキラはボックスシートに座り込み、小声で言う。

「おまえ、俺を助けるために株で大勝負して、一文無しになったんだって。おまけに、事故まで起こしちまってよ、おまえの大事な花屋の恋人を死なしちまったんだってな。だから、おまえ、あそこで花屋やってるんだってな。どーして、それを先に言ってくれないんだよ」

先輩が、長い顔をくしゃくしゃにして、また頭をテーブルにつける。

「先輩、いいですから、頭を上げてくださいよ」

「全然、よくないよ。俺、知らなかったから、あんなひどいことを言っちまってよ。本当に、すまん。すまん。この通りだ」先輩は、米つきバッタのように頭を下げる。

確かに、あの最後の株のトレードは、先輩の借金のこともあった。しかし、今から考えると、いつかトレードに負けて無一文になるという恐怖から一刻も早く逃げたいと思い、無謀な賭けに出たような気がする。全くの自業自得だ。アキラは、ふと現実に戻った。

「先輩、その話、誰から聞いたんですか？」

「中川って言う、株屋さんだよ」

（中川さんか）

昨日、中川から『小林という人が、アキラさんと連絡を取りたがっている。この人は、アキラさんの元の会社の同僚だと言うので、いろいろと聞いてみたが会社名も部署名も、ほかのことも僕が聞いていたことと符合している。風体は少し変わっているけど、悪そうな人にも見えない。アキラさんの携帯の番号を教えていいか』と電話があった。アキラが「番号を教えてください」と言うと、その一時間後に先輩から電話があって、すぐにでも会いたい、と言う。それで怒鳴られることを覚悟して、今日ここに来たのだ。

「アキラ、この金、使ってくれ」先輩はテーブルの上に一センチくらいの厚さの封筒を出した。

アキラは金と言われて、しばらく意味がわからなかったが、先日、先輩に金を無心したことを思い出した。はずかしいことをしたものだ。なんと説明したらいいだろうか。

「おまえ、サラ金から、だいぶ金、借りてるだろう。業者間のブラックリストに、おまえの名前がバッチリと載ってる。だから、もうサラ金からは金は借りられないぜ。だけど、間違っても闇金にだけは手を出すなよ。あんなものに手出したら、人生終わるぞ。これ、使え」

先輩はアキラの手に無理矢理、封筒を握らせる。アキラの胸が熱くなった。

「先輩、心配かけてすいません」アキラは、両膝に手を乗せて頭を下げた。

「いいんだ。いいんだ。俺、あの後、まだ腹の虫が治まらないんで、もういっちょ、おまえを絞めてやろうと、おまえが花屋を出してた所に行ったんだ。だけど、店が出てない。あれって思って、何回か駅前に行ってみたんだが、おまえの店が一向に出ない。それで、あのあたりで、おまえのことを聞いて回っていたら、あの株屋さんが通りかかって声を掛けてくれたんだ。俺が、おまえと同じ会社に勤めていた同僚だと言うと、あの株屋さんにいろいろと聞かれたけどよ、それに全部、答えると後で電話をくれて、おまえの携帯の番号と、おまえのことも教えてくれたんだよ。俺、びっくりしちまったぜ。アキラ、大変だっただろう。これ使ってくれ。もっと必要だったら言ってくれ」先輩は、真面目な顔をして言う。

アキラの胸は更に熱くなった。

「金はいりません。先輩の気持ちだけで十分です」アキラは、封筒を返した。

「だって、おまえ、サラ金に借金があるだろう」先輩は、狐につままれたようにアキラを見る。

「それは、なんとか返せました。それに、僕、花屋はたたんで就職したんです」

「花屋をたたんだ。就職？　そう言えば、おまえ、今日は、随分、ましな格好してるな」

先輩は、初めてアキラがネクタイをしていることに気がついたようで、アキラをめずらしそうに見ている。

「で、おまえ、どこに就職したの？」

「今、そこのホテルで働いています」アキラは、窓の外に見えるホテルを指差した。

「ホテル？」先輩も、窓からホテルをのぞいた。

「おまえ、ホテルマンになっちゃったの」

先輩は、心底、驚いたようだ。

ようやく、ウエイトレスが注文を取りに来たので、アキラは、〈今日のお薦めパスタ〉を頼み、先輩は、カルボナーラを大盛りで注文した。パスタは驚くほど早く出てきたが、味は、そこそこだった。

先輩がどうしてホテルに入ったのかと、パスタを食べながら聞いてくるので、アキラは差し障りのない範囲で、あのホテルに入ったいきさつを話した。

「うーん。そうか、そうか。おまえがホテルマンか。おまえも、随分、まともになったもんだな」と言って、カルボナーラをラーメンのようにズルズルと音を立てて食べる。先輩の口のまわりはカルボナーラのソースだらけだ。

〈まともになった〉という先輩の言葉が、アキラの胸に突き刺さった。その言葉を何回かつぶやく。突然、あることがひらめいた。

「先輩、夢ってありますか？」

「夢？　夢か、夢、夢」先輩のフォークが止まる。

「そういえば、俺、ガキの頃、宇宙飛行士になりたいって思ってたな。でも、それは、ただのガキの憧れてやつか」先輩はガハハと笑って、またカルボナーラをかき込む。

「僕も、夢とは、そんな大きなものだと思っていたんですけど、案外、もっと、まともなものかもしれませんね」アキラは、考えながら言った。

「夢が、まともって、どういう意味だよ」先輩が不審そうに聞く。

「先輩は、今の金融業をやっていて、よかったと、思ったことはありませんか？」

「俺のは金融業なんて、そんな大したもんじゃないけどな。よかったこと。そうだな」

先輩は、フォークを持ったまま考えた。

「そう言えば、こないだ、金に困ったバアサンが来てよ。バアサンの話があまりにもかわいそうなんで、俺、つい同情しちまってさ、利子はいらないからと、金を渡したんだ。そうしたら、バアサンどうしたと思う？　バアサン、俺を仏様のように拝むんだぜ。おまけに念仏まで唱えてるんだ。俺、本当にびっくりしちまったよ。大した金じゃないんだよ。それだけ、世間には金に困った人がいるんだな。その時は、俺も、少しは世の中の役に立ってるのかな。人の役に立っててよかったなって思ったな」

「先輩、それ、それですよ！」

「どうした。アキラ、そんな大きな声出して。俺、なんか変なこと言ったか？」

「僕は、ずっと考えてたことがあるんです。それが、今、わかったような気がしたんです」

「おまえ、何、興奮してるの？」

「僕は、自分の夢は何なのか。やるべきこととは何なのか考えていました。今、それがわかりました」

「夢の何がわかったって言うんだよ？」先輩は、キョトンとした顔をしている。

「僕の夢は、自分に出来ることで人の役に立つ、まともなことでいいんじゃないかと思ったんです」

「夢は、自分に出来ることで人の役に立つ、まともなことか。うーん」

先輩は腕を組んで考え込んだ。そして、さみしそうな表情を浮かべた。

「アキラ。俺、最近、ものすごく虚しくなる時があるんだよ。俺、今、金に困った人に、とんでもない利子で金貸して、その人たちの利子で生きてるんだぜ。俺は、時々、自分がとことん嫌になって、こんなんなら、昔、サラリーマンやっていた時、あの女に騙されていた頃の俺の方が、ましだったんじゃないかってさえ思うんだ。確かにおまえの言う通りかもしれないな。金を貸して、人に恨まれるより、金を貸して人に拝まれる方が嬉しいなあ。俺、もっと、まともな金貸しになろうかな」

先輩はそうつぶやくように言って、顔を上げた。

「おい、アキラ、デザート頼むか。ここのケーキ、最高なんだぜ」先輩は、元気な声を出した。

「はい。食べましょう」アキラは、久しぶりにケーキもデザートも食べたいと思った。

先輩が勢いよく手を挙げた。高校生のバイトのような子が来た。

「お姉さん。このイチゴのショートケーキ、豪華ホイップ付き、二個ね」

先輩は幸せを注文するように、指を二本立ててケーキを注文した。

*

アキラが、朝、フロントで仕事をしていると、由佳が私服のスーツ姿で現れた。髪はストレートにおろしている。

「山際君、行くよ」

「どこに行くんですか？」アキラは、何も聞いていない。

由佳は、アキラの耳元に顔を寄せた。

「こないだ話した会社の総務部長さんのところよ。さっき電話してみたらアポが取れたのよ。いつ来てもいいってさ。これから、あなたのプランを売り込みに行こうよ」

由佳は、ウキウキしたように言った。

アキラは急いで更衣室でスーツに着替え、資料をカバンに詰め込んで、由佳と街へ出た。秋が一段と深まり、街の街路樹が色彩を帯びていた。由佳と一緒に外に出るのは初めてのことだ。由佳は、楽しそうにカバンを肩に担ぐようにして歩く。アキラもそんな由佳と歩いていると、なんだか楽しい気分になった。

それから一時間半後、由佳とアキラは恵比寿に本社がある大きなビルの玄関を出た。総務部長との面談が終わったのだ。由佳は腕時計を見た。

「もう、お昼ね。アキラ君、お腹すかない。この近くに、とってもおいしいラーメン屋さんがあるの。行く？　行くよね」由佳は、もう決めているというように話した。

アキラは、そんな由佳の言い方がおかしい。

「いいですよ」

二人は恵比寿駅の西口に回った。西口には、境内を鳩に占領されたような小さな神社があり、その神社を抜けると、一軒のラーメン屋があった。店の上に〈北海道ラーメン。道産子〉と書いた金色の看板がある。いかにもラーメン屋といった店構えだ。由佳は元気よく店に入り、続いてアキラが入った。

「いらっしゃい！」店の中から威勢のいい声がこだました。

店の中はアキラのメガネが曇るくらいの湯気で、すでにカウンターは客で一杯だった。

「お、由佳ちゃん。久しぶり」

カウンターの真ん中にいたおじさんが、麺の湯を切りながら、元気な声で言う。まるでタコ入道のような太ったおじさんで、頭はツルツル、その頭に汗止めのタオルを巻いている。

「店主さん、今日も大繁盛だね」由佳は、なじみの客のように言った。

「おかげさまでね。由佳ちゃん。奥の席、空いてるよ」

店主がカウンターから顔を出して、小声で言った。

「店主さん、いつも、悪いね」

「由佳ちゃんは、俺の東京の娘だから特別だよ。あれ、こちらの方、見慣れない方だね。由佳ちゃんの新しい彼氏？」店主は、豪快に笑いながら言う。

「そうだといいんだけどね。この人、うちのホテルの新人さん。新人さんにしては、少し年とってるけどね」由佳は、冗談を返すように言った。

「由佳ちゃん、いつまでも、ふらふらしてちゃあダメだよ。早く、いい人見つけて、結婚しなよ。旭川のお父さんも、心配してるだろう」

「はいはい、よくわかりました。じゃあ。遠慮なく奥に行くね」

由佳は相手にしないように、カウンターで水をくみ、おしぼりを二つ取って、衝立で仕切られた中に入った。そこには、四人がけの席が一つあった。この狭さからして、ここは、客用というよりも、従業員の休憩用の席のようだ。

由佳はコートを脱ぎ、壁のハンガーにきちんと掛けて座った。アキラはコートを持っていないので、そのまま座る。窓から、昼食に行くＯＬたちが、店の前の坂を寒そうに登っていくのが見えた。

「私、この店、絶対に人に教えたくないから、いつもは一人で来てるの。一人でね」

由佳は、一人を強調した。アキラがかまわずメニューを見ていると、由佳がそれをのぞき込む。

「ここのお勧めは、北海道の野菜たっぷりラーメンよ。とってもおいしいよ。本物の北海道の味なの。それにする。それにしようよ」

まるで、「それにしなさい」というような言い方だった。アキラが何を言おうが、もう決まっているのだ。

「いいですよ」アキラは、苦笑してメニューをたたんだ。

由佳は立ち上がって、仕切りから顔を出す。

「野菜たっぷりラーメン二丁いただきました」

由佳は、従業員が注文を取ったように言う。

「はいよ。野菜たっぷりラーメン二丁、いただきました」店主と若い従業員が大声で唱和する。これだけで、この店のラーメンがうまそうだということがわかる。

「よさそうな店ですね」アキラがそう言うと、由佳は本当に嬉しそうな顔をした。

「そうでしょ。私ね、北海道の旭川出身なの。前にね、この近くのマンションに住んでいたんだけど、その時に、ここの看板を見つけてね、この店に入ったの。そうしたら、どう。ラーメンは本物の北海道の味で、あの店主さん、私と同じ旭川出身だったのよ。おまけに、店主さん、私の父親と同じくらいの年なの。だから、私、今も週二で、この店に来てるの。私、たまに飲むしね。飲むと言ってもたしなむ程度よ。ここで飲むとね、あの店主さん、本当の父親以上に相談に乗ってくれるの。少し、おせっかいな人だけどね」

由佳は上機嫌で話した。ホテルでため息をついている由佳とは大違いだ。

「そうですか」アキラは、笑顔で言った。由佳の明るい笑顔を見るとホッとする。

「はいよ。お待ち」店主みずから、ラーメンをテーブルに運んでくれた。野菜がラーメン鉢から落ちそうなくらいの盛りだ。由佳は早く食べなさい、という仕草をする。

アキラは割り箸を割り、まずスープを飲んだ。濃厚な大地の野菜の味がした。麺を一口、食べる。麺は太くて、こしがある。とても、うまい。

「このラーメン、うまいですね」アキラはそう言って、ラーメンをすする。

「当たり前よ。旭川のラーメンだもの」

由佳は嬉しそうな顔でラーメンを食べようとして、箸を止めた。

「でも、今の会社。残念だったね」

「え」アキラは、顔を上げた。

「だって、あの総務部長ったらさ、アキラ君の話をろくに聞かずに、十分くらいで『検討させてもらう』て、資料をまるめて、そそくさと行っちゃったじゃない。あれって、ダメってことでしょう」

「僕は、かなり脈があると思いますよ」

「だったら、普通、あんなそっけない態度はとらないでしょう」

由佳は怒ったように、言った。

「でも、あの総務部長、僕にいろいろと聞いてきましたよ。部屋には、ミニバーがあるようだが、どんな酒が置いてあるかとか、朝食のバイキングには何があるのかとか。僕が答えると、あの部長、いちいち小さな字で資料にメモしてました。あれは、かなり興味があるということです。興味がなければ、人は、あんなことはしません」

「そうかなあ」由佳は、半信半疑だった。

「それに、あの部長、もっと部屋がわかる写真があれば送ってくれって言いましたよ。きっと、同じ部署の誰かに見せるためだと思います。これも、うちのホテルに、かなりの興味を持ったという証拠です」

「確かに、あのおじさん、そう言ったな」由佳は、思い出すように言った。

「前にも言ったように、総務部長の評価は、会社の幹部にいかに重用されるかにかかっているんです。うちのホテルなら、駅にほぼ直結。会社の幹部にいかに重用されるかにかかって並みに広くて、ミニバーには、いろいろな酒が並んでいる。おまけに、部屋は、デラックス・ツインです。会社の幹部の出張にはうってつけじゃないですか。そんな部屋を、シングルルーム並みの料金で提供しようとしてるんですよ。総務部長の興味をひかないわけがないじゃないですか」

「そうなの。そうなら、なぜ、すぐにＯＫしないのかな」由佳が、不満そうに言う。

「それは、おまけを付けろという意味だと思います。あの部長、最後にこう言いましたよね。『俺も歳でね、最近は夜のお付き合いの後、遠い千葉の家に帰るのが辛いんだよ。たまには、こんな豪華なホテルに泊まりたいよ』って」

「うん。あのおじさん、そうとも言ってた」

「あれは、無料宿泊券を付けろ、という意味だと思います。あの部長、別れ際に『おたくのこのプランに、何か無料のお試しのようなものはないのか』って言ったでしょう。それは、そんなおまけを付けろという意味だと思いますよ」

「そうなの。だったら、はっきりとそう言えばいいのに」

「あの部長にも立場があるんですよ。僕はホテルに帰ったらすぐに、客室がよくわかる写真をあの部長にメールしておきます。総支配人は、今日の夕方にでも、『総務部長様には、当館をご自身でご確認していただくために無料宿泊券をお付けします』とでも電話をして貰えれば、たぶんOKが出ると思いますよ」

「ふーん。そんなこと考えもしなかったな。でも、広いツインルームをシングルルーム並みの料金で出して、おまけに無料券まで付けるの。それって、損なんじゃないの」

「僕は、十分メリットがあると思います」

「メリットて、どんなメリット？」

「前にも言いましたよね。ビジネス客は、その会社の幹部に気に入って貰えれば、その下にも自動的に利用が広がるって。僕が前に勤めていた会社は、総務部長がお気に入りのホテルに年に、のべで五〇〇人くらいの出張者を泊めていましたよ」

「年五〇〇泊か、わかった。すぐに電話する」由佳は即座に言った。

「是非、そうしてください。だけど、総支配人、うちのホテルには、一つだけ根本的な問題がありますね」アキラは、いずれ言わなければならないことを、今、言おうと思った。

「根本的な問題？」由佳の箸が、止まる。

「ビジネス客は、会社の幹部から下に利用が広がらなければ、大きな数にはなりません。先ほどの五〇〇人は一般職を含めての数字です」

「その一般職の人に、うちに泊まって貰うのに、何か問題があるの？」

「一般職用にしては、うちの部屋は広すぎますし、料金も高すぎます。一般職には、今の部屋の半分の広さで十分です」

「でも、うちのホテルに、そんな部屋はないよ」

「総支配人、今の部屋を仕切って、半分の広さの部屋を作れませんか。工事費はかかりますが、そうすれば、部屋数は倍になるし、料金もかなり安く設定できます。長期的な経営を考えると、これは、どうしても必要なことだと思います。どうも、うちのホテルは、元々シングルルームだった部屋を広くした形跡がありますね」

「そうね。石社長になった時に、高級ホテルにするために部屋を広く改装させたと聞いたわ」

「それを元に戻すんです」

「それは、たぶん無理ね」

「どうしてですか」

「社長は、高級にこだわってるのよ。今回のこのビジネスプランも、社長に一応、了解を取っておこうと思って話したんだけど、ビジネスの安い客はダメだと言われたの。それを、高級幹部用だと言って、やっと納得させたのよ。部屋を元の広さに戻して、安い料金の部屋を作るなんて、とても無理よ」

「そうですか。でも、それ以外に、うちのホテルを利益が出るホテルにする方法はないと思いますが」アキラは、がっかりした気持ちを抑えながら言った。

由佳はそんなアキラを見かねるように、笑顔を作った。

「わかった。今度、社長が機嫌のいい時に、もう一度、私から話してみるね。じゃあ、今日はよかったわけだ。一歩前進だね。それに楽しかったし。しばらく、一緒に企業回りしよっか。アキラ君、このラーメン、おいしいね」由佳は暗い影を追い払うように、明るくそう言った。とにかく、アキラも由佳の笑顔を見るのが楽しい。

「総支配人、わかりました」アキラもそう言って、ラーメンを食べ始める。

由佳の眉間にしわが寄った。

「アキラ君、外で、総支配人て言うのやめてくれない。ここはホテルの中じゃないんだから」由佳はそう言って、ラーメンを頬張った。

7

初めて訪問した総務部長に、由佳が「お試しの無料宿泊券を五枚つける」と電話をしたとたんに、検討が採用に変わった。翌日、契約書を作成し、由佳とアキラとで再訪問して総務部長から、特別宿泊プランの契約書に印をもらった。これで、少なくとも、年間、一〇〇泊分の客を確保したことになる。一〇〇泊程度では、目標の宿泊数の一％にも満たないが、アキラが考えたビジネスプランの確実な成果だ。

それから二週間、由佳と一緒に、このホテルの近くの大企業を回った。アキラの考えた宿泊プランは、想像以上に好評だった。「あの駅前のホテルに、本当にこの料金で泊まれるのか」と驚きをもって迎え入れられることが多く、この二週間で、他にも四社と年間宿泊契約が取れた。これで、年間、五〇〇室近くの宿泊客が確保できたことになる。もう少し回る範囲を広げれば、ビジネス客は、もっと確保できるだろう。しかし、これからはアキラ一人で企業を回るつもりだ。由佳は、ホテルの総支配人であり、全体を見なければばいけないからだ。

それを契機に、アキラは、ホテルのフロント兼、営業担当マネージャーになった。アキラは、団体客を減らしビジネス客を増やす計画に熱中した。しかし、当初は、このビジネス客だけで、このホテルの客室の六割は埋められると考えていたが、今は、正直、それはむずかしいだろうと思い出した。それだけの数のビジネス客を確保するためには、どうしても一般職用の部屋が必要だからだ。それには、かなりの部屋の数を今の半分の広さにしなければならない。由佳は、あれから石に何回か話したが、石はけっして了解しなかった。そうなると、他の方法も考えなくてはならない。ビジネス客に続くものが、なんとしても必要だ。


「山際マネージャー、おはようございます」

午後一番に、吉村がスーツ姿でフロントに現れて、外に行く準備をしている。

アキラがフロントマネージャーになると、吉村は彼の下につくことになった。新米のアキラにとって、吉村が自分の下になることには遠慮があったが、吉村は全く気にしていないようだった。彼には、新しい仕事をやってもらうことにした。海外客の取り込みだ。ホテルの専門誌によると、ここ数年、日本の良さが外国に広がり外国人の訪日客が大幅に増えているとある。これから、ますますインバウンドの訪日客は増えるだろうとのことだ。

訪日客のほとんどは、東京から日本に入る。彼らには、東京で宿泊するホテルが必要だ。その客をつかむのだ。このホテルは、空港からのアクセスもいいし、ここからなら、東京都内だけでなく、日本のどの都市にも楽に移動出来る。これは、訪日客にも大きなメリットになるはずだ。アキラは、その訪日客を第二のターゲットにしようと考えていた。

最終的には、有力な外国人客専用の予約サイトに登録しようと思っているのだが、それまではその実績作りのためにも、旅行代理店から外国人客を取り込もうと考えていた。それで、比較的、安い手数料で外国人客を仲介してくれそうな会社を選び出して、吉村と一緒に回ってみた。代理店の反応は悪くなかった。このホテルは交通のアクセスが良いだけでなく、部屋の広さも外国人に向いているからだ。ただ、こちらは代理店経由なので、実際の宿泊客を得るまでには時間がかかりそうだ。アキラは、まだまだ、ビジネス客を獲得しなければならないので、そこへのフォローを吉村にやって貰うことにした。

「こないだのA代理店、その後の反応はどう？」

アキラは、フロントで資料を用意している吉村に話しかけた。A代理店が、一番、興味を持って話を聞いてくれたからだ。

「それが、反応がとてもいいんです」吉村は、カバンを持ってアキラの前に来た。

「こないだお会いした担当の方からお電話がありまして、上司が、直接、聞きたいことがあるから、もう一度来て貰えないかと言われて、これから行くところなんです。上司さえ納得すれば、すぐにでも訪日客を紹介すると言ってくださっているのです」と吉村が言う。

予想外の返事だ。アキラは、そこまでの早い展開は考えていなかった。

「それはいいね。でも、その上司は、何を確認したいんだろう。こないだ、かなり詳しい資料を渡したはずなんだが」

アキラは、あの代理店との打ち合わせのシーンを思い出していた。

「上司の方は、うちのホテルが、これまで外国のお客さんを宿泊させたことが少ないところを気にされているようです。うちのホテルが、本当に外国人客を扱えるか。トラブルを起こさないかを心配されているようです。ご担当のお話では、以前、外国人客を相手に出来ると言ったあるホテルを仲介したら、外国人客とコミュニケーションが全然、取れずに大きなトラブルになって最終的には訴訟にまでなり、大変だったそうです」

「なるほど。その心配なら当然のことだ。手数料稼ぎの代理店が訴訟に巻き込まれては、たまらないからね。なんなら、僕も今日のミーティングに行こうか」

「大丈夫です。僕が担当ですから、僕がちゃんと説明してみます」吉村は言った。

アキラには、その成長ぶりが嬉しかった。この訪日客の取り込みを考えた時に、この仕事は吉村にやって貰おうと考えた。吉村にはネイティブの語学力があるが、それ以上に、海外育ちという点がいい。彼なら、特に米国人の考え方は誰よりも知っているだろう。このことは、外国人客を応対する上で、とても重要なことだ。これは、今後、彼の大きな武器になるはずだ。

「わかった。全部、君にまかせる。大事な仕事だ。しっかり頼む」

「かしこまりました。山際マネージャー」

吉村は、りりしく返事をする。今では、吉村は、パートさんの管理にも自信をつけだしていた。先日、吉村が、外国の旅行代理店と英語で電話をしているのを一人のパートのおばさんが聞きつけ、その話がパッとパート仲間に広まったのだ。それ以来、パートの従業員は吉村の言うことをよく聞くようになった。人は適所で自分の能力を発揮するものだ。彼は、今までそれに出会わなかっただけのことだ。彼は、今、自分の仕事を見つけようとしている。それを見つければ、彼は本当の自信をつけるだろう。

「訪日客を大幅に増やしたいんだ。そうしないと、うちのホテルはもたない。君には、これからもたくさん、働いてもらわないといけない」

「かしこまりました。僕は山際マネージャーのご期待に応えられるようにがんばります。では、行って参ります」

吉村は敬礼をするように言って、玄関に向かったがすぐに戻ってきた。

「何か忘れ物？」アキラは、本日の宿泊客をパソコンでチェックしながら聞いた。

「一言、申し上げることを忘れていました。僕は、山際マネージャーがこのホテルの社長になってくれればいいと思います」

アキラは、パソコンから目を上げた。冗談にも、ほどがある。

「何をバカなことを。僕は、このホテルに入って、まだ三カ月だよ」

「山際さんは、ここに来て、たったの三カ月ですか。とても信じられません。でも、三カ月で、もう、このホテルの立派なマネージャーですね。では行って参ります」

吉村はそう言って、外へ出て行った。

（このホテルの立派なマネージャー）か。アキラは、自分でもその変化に驚いていた。

＊

アキラは夜の十時頃に、十二階に上がった。

来週にも、張が、インドネシアから東京に戻ってくる。その時までに、少しでも、このホテルの経営の実態をつかみたい。アキラはフロントに入り、ホテルの収入面のことは、ある程度、わかったが、それだけでは本当の経営の実態はつかめない。このホテルの運営に、どれだけのコストがかかっていて、本当の収支はどうなのか。もし、収支が赤字なら、それをどうやって補填しているのかを知らなければならない。パートのおばあさんの話では、石は、年俸を一億円以上も取っているらしい。石は、一体、どこからそんな年俸を捻出しているのだろうか。大きな疑問だ。由佳は、知っているかもしれないが、彼女に聞く訳にはいかない。関係のない彼女を、こんな面倒な話に巻き込むわけにはいかないのだ。このことは、危険を冒してでも自分で調べなければならない。事務所に、その情報があるはずだ。

アキラはエレベータを降りて、足音を消すように十二階を歩いた。この時間に事務所に人はいないはずだ。いつも事務所に最後まで残っている陸も、さっき帰っていったのを、この目で確かめている。事務所の扉を少し開けた。やはり事務所は真っ暗だった。誰もいないと安心して事務所に入った瞬間、アキラは身を隠した。どこからか人の話し声が聞こえたのだ。空耳ではない。その声は、確かに奥の社長室からしている。アキラは事務所の中をゆっくりと移動して、社長室に近づいた。社長室の窓のブラインドが斜めに開いていたので、その隙間から中をのぞいた。正面に石のつまらなさそうな顔が見えた。その前に女性の背中がある。由佳だ。アキラは、耳に全神経を集中した。

「社長、もうすぐ冬よ。その前に、ボイラー一式を取り換えないといけないの。いつ、そのお金が入るの」

「今、陸を金策に回らせている。じきにだ」石は、面倒くさそうに言った。

「じきって、いつ？　工事には時間がかかるのよ。今すぐ、その手配をしなればいけないの」

「万が一、陸の金策が失敗したら、俺が中国の本社に電話をして金を送らせるから、おまえは心配するな。さあ、話はこれで終わりだ」

石はそう言って立ち上がろうとしたが、由佳に押さえつけられた。

「社長は、いつも、中国の本社からお金が入るって言うけど、最近、来た試しがないわ。心配するなって言われても、心配するわよ」

石は椅子に座り直して、肘掛けをイライラして叩いた。

「中国の本社にも、いろいろと事情があるんだよ。それまでは、おまえが、うまくやってくれ」

「うまくやるって、どうやるの。冬にボイラーが壊れたらホテルは営業出来なくなるのよ」

由佳は強い口調で、そう言った。

「それを、考えるのが、総支配人。おまえの仕事だろう」石の声も上がってくる。

「総支配人、総支配人て、あなたは、いつも無責任ね。自分は、社長のくせに」

「それじゃあ。おまえのお気に入りの、あの山際に考えさせてみたらどうだ。こんなくだらないビジネスプランを考え出すくらいだからな。金策にもいいアイデアを出してくれるだろう」

石はそう言って、ソファーのテーブルに紙の資料を放り投げた。アキラは、テーブルの上の資料を見て目を丸くした。それは、自分が作ったホテルの再生プランだった。

「部屋を仕切り直して部屋数を倍増させろだと、冗談じゃない。絶対にだめだ。それじゃあ、どこにでもある安ホテルと同じじゃないか」

「どこにでもある安ホテルじゃないわよ。ここを東京の定宿ホテルにするの。ここを、みんなが、また泊まりたいと思うホテルにするの。そうすれば、リピートのお客さんが、どんどん増えるわ。山際さんは、このホテルを良くしたいと思ってこのプランを作ってくれたの。彼には、ホテルを経営する才能があるわ」

「おまえ、だいぶ、あいつにかぶれているな。あいつに、男を乗り換えるつもりか」

石は、口を斜めにして笑った。

「まさか、あなたじゃあるまいし！　男を乗り換えるだなんて失礼なこと言わないで！」

由佳が、悲鳴のような声を出した。

「由佳、そう怒るなよ。今晩、おまえのマンションに行くからさ」

石はそう言って椅子から立ち上がり、由佳を後ろから抱こうとした。

「やめて！　私は、あなたのおもちゃじゃないのよ。もう二度と来ないで！」

由佳は、石を思いっきり突き飛ばす。石がムッとした顔をした。

「由佳、言っておくが、一介のキャビンアテンダントだったおまえを、ここまでしてやったのは、誰なんだ。いい暮らしが出来ているのは、誰のおかげなんだ」

石が、めずらしく感情をあらわにした。

「そういう私を、さんざん利用したのは誰なの」由佳は、怒鳴り返した。

石がニヤリと笑い、由佳に顔を近づけた。

「由佳。これは極秘の話なんだが、今、陸が、このホテルを含めた我社が日本に持っているホテルチェーンを海外のある会社に売却する交渉をしている。相手方はこの交渉に大変、乗り気だ。我々は、いい場所にホテルを持っているからな。特にこの東京のホテルだ。相手方は、まず、この東京のホテルをぶっ壊して高層のオフィスビルにしたいそうだ。こんな一等地で、こんなしけたホテルをやっている方が、どうかしてる。日本のホテルが売却できれば、我社には大金が入る。だから、由佳。ぶっ壊されるホテルのボイラーのことなんか心配しなくていいんだ」

由佳は信じられないという目で、石を見た。

「あなた、自分が何を言っているのかわかってるの」

「勿論さ。これは、立派なビジネスの話だ」

「今いる従業員はどうするの？　このホテルをひいきにしてくれるお客さんはどうなるの？」

「うまくいかなくなったビジネスには、いつか終わりがくる。経営者が、どうして従業員や客の心配までする必要があるんだ。それは日本人の悪いクセだな。経営者は、儲かるビジネスのことだけを考えていればいいんだ。俺は、ちゃんと次のビジネスを考えてある。そこに、おまえだけは連れていってやる。だが、これは極秘だ。絶対、誰にも言うな。勿論、あの山際にもだ」石は最後の言葉を険しい顔で、言った。由佳は黙った。

「山際。もう少し見込みがある男だと思っていたが、陸が言うように、あいつには、十分、気をつけた方がいいかもしれない。こんなバカバカしいプランを考えているようなやつだからな。いっそ、あいつをフロントからはずすか。だけど、あいつは、どこかで見た気がする」

石はあごに手をあてて、考えている。

「私、あなたとは、きっぱりと別れる！」由佳がそう叫んで、部屋から飛び出した。

アキラは事務所の柱の影に隠れた。由佳はアキラに気がつかず、事務所を走り抜けた。その後すぐ、アキラも廊下に出たが、由佳の姿はない。エレベータに乗ったようだ。エレベータのインジケータが下に動いてゆく。インジケータは二階で止まった。由佳は、フロント階で降りたのだ。アキラは非常階段で二階まで、一気に駆け下りた。フロントで由佳を探したが、由佳の姿はない。アキラは、ホテルの外に出て、あたりを見回した。闇の中で目をこらす。駅のデッキのベンチで丸くなっている由佳を見つけた。由佳は、まるで傷ついた猫のようだった。アキラは由佳に近づいた。

「総支配人」アキラは、声を掛けた。

由佳は一瞬、驚いたが、さっとポケットからハンカチを出して、涙を拭いた。

「誤解しないで。私、泣いてなんていないから」

アキラは、由佳の隣に座った。

「総支配人は、何でも一人で背負い込むタイプじゃありませんか？」

「何を言いだすの。私、そんなんじゃないわ」

由佳は、もう一度、ハンカチでほほを拭って、身を正した。

「ならいいんですが」アキラは、空を見上げた。

「ただね、私、こんなホテルなんかやって、一体、誰のために苦労しているんだろうと思ったら、なんだか悲しくなってきちゃったの。私、誰のために、こんなに苦労してるのかな？」

由佳の最後の言葉は、涙声になった。

「それは、たぶん、自分のためじゃないかな」アキラは、ポツリとつぶやいた。

「自分のため？」

「僕は、人が苦労して仕事をするのは、生きていくための金が必要だからだと思っていました。でも、最近、それだけのためじゃないと思うんです」

「お金のためだけじゃないって、どういうこと」由佳は、ベンチに座り直した。

「なんて言ったらいいのかな。仕事は、お金以上に、僕たちに大切なものをもたらしてくれる。だから、僕たちは苦労して働くんじゃないかと思うんです」

「お金以上に大切なものって、何なの？」

「例えば、僕が絵描きなら、僕は、自分の今の心を表現したいから絵を描きます。ある人が、僕の絵を気に入って買ってくれたとします。僕は、そのお金でパンを買って空腹を満たすことが出来ます。もし、その人が数日後に来て、『あなたの絵を見ていると、とても気持ちが安らぐ。また、あなたの絵が欲しい』と言ってくれたとしたら、僕は、その人に安らぎを与えられたという満足感も得ることが出来る。だから僕は絵を描き続けられるのだと思います」

由佳は、黙って聞いていた。

「僕は、ホテルマンです。僕の仕事は、お客さんに、ゆっくりと休んでもらえる宿を提供することです。先日、僕は、とてもいい思いをしました。あるお客さんが、チェックアウトの時に、『とてもいいホテルだったよ。おかげで、久しぶりによく眠れたよ。次に東京に来る時も必ずここのホテルに泊まるよ』と言っていただけたのです。僕は、その言葉で、心底、嬉しくなりました。僕は、その時、初めてこの仕事が続けられるかもしれないと思ったんです」

由佳は、しばらく考えていた。

「私もお客さんにそう言われたことが、何度もある。確かに、その言葉が、一番、嬉しい」

「それなら、ホテルを苦労してやるのは自分たちのためです。僕たちは、お客さんから大切なものを貰っているのですから。僕たちが、そのために苦労するのは悪くないじゃないですか」

「うん。それなら、悪くないね」由佳は、強くうなずいた。

「総支配人。このホテルを、そんな人たちに必要とされるホテルにしませんか。僕は、そのためなら、どんな苦労も厭いません」

由佳は、アキラを見た。

「アキラ君。私、あなたのこと信じていいの？」

「はい」アキラは、静かに答えた。

アキラがそう答えると同時に、由佳がアキラの胸に飛び込んできた。アキラは、一瞬、何が起こったのかわからず身動きが出来なかった。気がつくと、自分の胸に由佳の心臓が早鐘を打つように鳴っている。僕は、今、この人に惹かれている。この人を守ってあげたいと思っている。

＊

「石が、ホ、ホテルを売るって！」張が目をギョロつかせて言った。「ホテルの買い手は、まず、東京のホテルを壊してオフィスビルにすると言っているそうです」

「ホテルをオフィスビルにする！　それ、とんでもないことよ。私、そんなこと絶対に許さないよ。石のやつめ、胡社長が、長年、苦労して作ったホテルを盗んだだけじゃなくて、売り払って、オフィスビルにするだなんて、私、絶対に許さないよ」

張は、口から唾を吹き出しながら言う。

張は、一カ月ぶりに日本に戻ってきていた。東京に戻ると、すぐにアキラに連絡をしてきた。アキラは、その日の夜に張の店に行き、あのホテルに就職したことを告げた。張は驚愕して感謝の言葉を繰り返したが、その後、あの夜、あそこで聞いたことを話したのだ。

「アキラさん、絶対、そんなことをさせてはだめだよ。アキラさんも、そう思うだろう」

張は、アキラに顔をつけんばかりにして言う。アキラも、そう思う。今では、自分でも不思議なくらい、あのホテルのことを考えている。しかし、アキラには、石の計画を止める力が何もない。中途半端な言葉を返すしかなかった。

「アキラさん、あいつが赤字を埋めている方法わからないか。それが、わかれば、こっちも打つ手、考えられるよ」

張は、そう言うが、アキラには全くわからなかった。ただ、わかったことと言えば、今までは石は中国の本社から足りなくなった資金を送金させていたが、最近、何かの事情で、それが滞っていること、陸が日本の銀行に金策に回っているが、それがはかばかしくなくて、ホテルを売ることに決めたのではないか、ということくらいだ。

「張さん、どうして、あのホテルは中国の本社からの送金が止まっているんでしょうか？」

「石は、二度と中国の本社からお金もらえないよ」張は頬をゆるめて、言った。

「何故ですか？」アキラには、それが理解できない。石は、あの時、社内で胡社長を追い落とすほどの力を持っていたのだ。

「アキラさんにだけは言うけど、あいつの親父さんは中国の国務院の大物なんだよ。以前の中国なら、あいつの親父さんの力でなんとでもなったさ。だけど、一年前に、党のトップが代わったんだよ。中国では、トップが代わると新しいことをやるんだ。今回のトップは、中国にはびこる汚職の撲滅を党大会で宣言したよ。前なら、当然、見過ごされていた党の幹部の汚職でさえ、今は見つかると厳罰さ。実際に、党の要職を解任されて、刑務所に入れられた超大物もいるくらいだよ。だから石の親父さんも用心している。これまでは、石は赤字のたびに親父さんに泣きついて、北京の本社からお金を送らせてたんだろうけど、もうそれが出来なくなったのさ」

「そういうことだったんですか」アキラは、中国の権力闘争の激しさを理解した。

「だから、私、石がホテルを本当に売るんじゃないかと心配だよ。早く、石の急所をつかまないと、あのホテルは本当に売られて、オフィスビルにされてしまうよ」張は、悲愴な声で言う。

それなら、アキラも残された道は張が以前、言っていた方法しかないように思う。

「胡さんの義理のお父さんの力でなんとかなりませんか？」

「アキラさんもそう思うだろう。私も、今回も胡さんに会って、義理の父親に助けて貰おうって話したんだ。だけど、胡さんは、嫌だと言うんだ」

「どうしてですか？」

「胡さんが言うには、世の中の出来事はすべて天が決めている。義父に助けてもらうのは、その天の道に逆らうことになると言うんだ。私には、納得出来ないね。石にホテルを売られて、ホテルがなくなってしまったら天の道も何もないでしょう」張は、目に怒りを込めて言う。

（天の道に逆らう）

アキラは、確かに胡社長ならそう言うかもしれないと思った。そう思うと、ひどく、うしろめたいものを感じた。僕は、由佳に、お客さんに必要とされるホテルにしようと言いながら、実際は、張のスパイのようなことをしている。もっと、うしろめたいことがある。春絵に対してだ。春絵が亡くなった時に、僕はもう二度と恋はしないと自分に誓った。なのに、どうして、僕は由佳を想うのだろうか。僕は、これまで人と距離を取って生きてきた。それが僕の生きていく道だと信じていたからだ。しかし、今の僕は、由佳のことも、このホテルにも深入りしすぎている。そして、今、僕はその両方とも失うわけにはいかない。なぜなら、この二つは、今の僕になくてはならないものだからだ。

「わかりました。なんとか調べてみます」アキラはそう言ったが、当てはない。

「アキラさんは私の本当の老朋友だよ。お金なら、いくらでも用意するよ。だから、石が、どうやって資金を集めているか調べて欲しいよ。アキラさんだけが頼りだよ」

張はアキラの手を握りしめて言う。アキラは考えた。自分は石に警戒され始めている。まわりからも包囲されてきているような感じさえする。

*

よく晴れた月曜日だった。

アキラは、初めて由佳と外で会う約束をした。月曜日は由佳が休みの日だ。アキラは、日曜日が夜勤なので、月曜日の朝、客のチェックアウトが、大方、終わればホテルを出ることが出来た。だから月曜日の午前十一時に、ホテルのある隣の駅で由佳と会うことにした。アキラは電車に乗りながら、あの晩、胸に飛び込んできた時の由佳の心臓の鼓動を思い出していた。

由佳はすでに駅の改札の前で待っていて、アキラを見つけると、とても明るい笑顔を浮かべた。由佳の笑顔を見ると、アキラの心にエネルギーが注入されていく気がする。今は、このエネルギーが何より大切なものだ。

今日の由佳は、赤いセーターの上に、ツイードのコート、耳には金のピアスがあった。金のピアスが、由佳を一層、大人っぽく感じさせた。

「アキラ君は、お花屋さんをやっていた時と、全然、変わらないね」

そういえば、ホテルに入ってからも、忙しかったこともあるが、服は一枚も買っていない。すでに十一月の中旬になっていたが、アキラは、いつものTシャツにブルージーンズに、だいぶ前に買った薄いダウンジャケット一枚だ。

「アキラ君は、アルマーニの服なんか着れば似合うのに」由佳は、アキラを遠目に見て言う。

「アルマーニ」アキラは、声を上げた。そのブランドの名前は知っているが、そんなものを実際に見たこともないし、着たいと思ったこともない。

「総支配人、僕にはとても似合いませんよ」

「外で、その呼び方、やめてって言ったでしょ」由佳が、ぴしゃりと言った。

「じゃあ、なんてお呼びすればいいですか？」

アキラは当惑した。それ以外に思いつかないのだ。

「私、由佳がいいな。由佳って呼んで」

アキラは決めた。由佳は、自立した女性なのだ。

「では、由佳さんにします」

「アキラ君て、素直じゃないのね」由佳は、ふくれた。

この表情はホテルでは、けっして見せない表情だ。とても好ましい。

「それが僕なんです」アキラは、笑って答えた。

「私も、素直じゃないから、おあいこね」由佳も笑った。

今日は、東京湾をクルーズする船に乗ることになっていた。その船が、ここから近くの栈橋から出ていると言う。由佳は、以前、その船に乗ったことがあり、中型の客船で東京湾を一周するクルーズコースで、料金の割によいツアーだと言った。二人は、海の方に向かって歩いた。十一月の冷たい風が頰を吹き抜けてゆく。そのたびに、由佳の香水の匂いが漂ってきた。

乗船口で、揃いの長いジャンパーを着た従業員にチケットを渡して、船の甲板に続く階段を上った。平日のせいか、それほど混んではいなかった。学生らしき若いカップルが二組と、中年の女性グループが数組、あと、老年のカップルが一組いた。

船は、すぐに出航になり、乗客は、船の中二階にあるレストランに案内された。そこで、まずランチを取るようだ。レストランに入り、席につく。船は海を走りだした。窓から、東京湾がよく見えた。お台場も見える。

「私、東京の中では東京湾が一番好きかな。アキラ君は東京のどこが好き?」

由佳は、しぶきが上がる海を見ながら、聞いてきた。

(東京のどこが好き?)アキラは自問した。今まで、そんなこと考えたことがない。この街に興味がなかったからだ。アキラは改めて考えてみたが、印象に残っている場所は一つもなかった。そこに、きちんと制服を着たボーイが、スープ、前菜のサラダと、バケットを運んできた。

「僕は、東京に好きな場所はありません」アキラは、スープの皿を引き寄せて言った。

「アキラ君て、本当に変わった人ね」

(変わった人)アキラは、これまでも何度かそう言われた。たいがいは悪い意味だ。

「僕のどこが変わっているのですか?」アキラはスープを飲んで言う。

「私、あなたを初めて見た時、この人、何て哀しい顔をしてるのって思ったのよ。今まで、男の人で、こんな哀しい顔をした人、見たことがなかったの。この人、最近、大失恋をしたんじゃないかって思ったわ。私、そんな人に興味を持ったの」

由佳はサラダを食べながら、さらりと言う。アキラは驚いてしまった。普通なら、そんな人間は興味を持つどころか、避けて通るだろう。

「由佳さんこそ、変わっているな」

「そう、私は変人なの。だから変わった人に興味を持つの」由佳は、いたずらっ子のような目をして言う。アキラは由佳のその表情に、つい笑ってしまう。

「アキラ君て、本当に笑い上戸なのね。何でも、よく笑うわ」

(笑い上戸) 僕が笑い上戸なわけがない。

「そんなはずありませんよ」

「ほら、また笑ってるじゃない」由佳は、バゲットを千切って言う。

本当だ。僕は笑っている。どうしたんだろう。まるで、僕じゃないようだ。

次に、メインのローストビーフが出てきた。白い皿に、薄いローストビーフが数枚載っていて、その上にグレイビーソースがかけてある。由佳は、それを一口、食べた。

「冷凍物ね。この料金じゃあ。こんなもんね」由佳は、ホテルの支配人に戻ったように言う。

アキラはナイフとフォークで、ローストビーフを切り分けて、食べた。

「僕は、結構、うまいと思いますけど」

「アキラ君、どうかしてるわ。こんなものが、おいしいだなんて。でも、アキラ君は、ちゃんとしたお家で育ったのね。テーブルマナーは立派なものよ」

アキラは、かちんときた。自分の触れられたくない過去を指摘されたような気がしたのだ。

「また由佳さんの試験ですか。そうやって、人を試すのって面白いですか」

「面白いわよ。でも、私は、人を試してるんじゃないの。人が好きだから、その人の人生を想像しているの」

そんなふうに考える人もいるのか。面白いものだ。そうするとアキラの怒りもおさまった。

「由佳さんは、このホテルに入る前は、何をされていたんですか?」

由佳は、ナプキンで口を拭いた。

「私、ホテルに入る前は飛行機のキャビンアテンダントやっていたの。もう、だいぶ昔のことだけど」

「そうですか」石が、あの夜、言っていたことだが、アキラは初めて聞いたようにふるまった。

由佳は目を伏せて、バゲットにバターを付けた。

「石社長とはね、飛行機のフライト中に知り合ったの。あの人、私の搭乗する路線によく乗ってきてね、ある日、うちのホテルで働かないかって誘われたの」

「それで、うちのホテルに入ったんですか」

「私は、もう若くなかったし、キャビンアテンダントは、ハードな仕事でずっとは続けられないのよ。だから、ホテルも悪くないかな、なんて思ったの」由佳はそう言って、バゲットを皿に戻した。

「もうやめよ。そんな昔話は。今日は、二人で思いっきり楽しみましょうよ」

由佳の瞳は輝いていた。

ランチの後、乗客はデッキに出た。本当に、いい天気だった。暖かい太陽がデッキに降りそそぎ、その太陽の下を船が走ってゆく。船が進むたびに、体が、ゆっくりと揺れて、自分たちが乗船しているという感覚を味う。目の前の景色が、パノラマの動画みたいに移ってゆく。さっきまでは、千葉の山並みが見えていたが、今は、台場のビルが目の前にあった。

「私、あんな、おばあちゃんになりたいな」由佳が前を見て、突然、言った。

由佳の視線の先には、乗船した時に見た老年のカップルがいた。二人とも背が低く、まるで置物のように寄り添っていた。

「たぶん、二人は九州から来たのよ。あのおじいさんは、だいぶ前に、会社を定年退職してね、その後、いくつかの仕事をやって、先月、本当に引退したの」

由佳は、あの人たちを自分の親戚のように言った。

「そうなんですか」アキラは、太陽を全身に浴びながら言う。

「あのおばあさんは、主婦をしながら、家で縫製のお仕事をして、おじいさんを支えてきたのよ。だから、今回は、おじいさんが、おばあさんに、その感謝を表す旅なの。『これまで、やってこられたのは、おまえのおかげだ。本当にありがとう』てね、今、二人でそんな話をしているのところなの」

「今、おじいさんが感謝をしているところなんだ」

アキラは、目をつむって言う。太陽が、とても気持ちがいい。

「それでね、あの二人は、明日、ディズニーランドに行くの」

「あの人たちがディズニーランドに行く？　あの年で」アキラは体を曲げて、由佳を見た。

「ディズニーに年齢は関係ないわよ。だって、あのおばあさんはミッキーマウスの大ファンなんだもの」

「あのおばあさんが、ミッキーマウスの大ファン」

「ミッキーにも年は関係ないわよ。ちなみに、私も、ミッキーの大ファンだから、よく、覚えておいてね。それでね、おじいさんは、明日、ディズニーランドで、おばあさんに指輪をプレゼントするのよ。本物のダイアモンドのついた指輪なの」由佳は、大真面目に言う。アキラは由佳の自由な想像力に驚いた。

「ディズニーランドで、あのおじいさんが、ダイアの指輪をプレゼントするんですか」

「当たり前よ。だって、あのおばあさんは、何十年も、おじいさんを支えてきたのよ。それくらいの価値はあるでしょう」由佳は、怒ったように言った。

「そりゃ、そうですね」

「それでね。おばあさんは涙を流すの。『わたし、あなたと結婚してよかったわ。これまで、いろいろなことがありましたけど、今は、幸せですから。わたしこそ、ありがとう』って、ね。感動的なお話でしょう」

「まるでドラマのようだ」

「ドラマじゃないの。私が勝手に想像したお話。じゃあ、今度は、あなたが、お花屋さんをやるまで何をしていたか、想像してあげようか」由佳が、大変なことを言いだした。

「いえ、いいですよ」アキラは、あわてて言った。とんでもない話を作られてはたまらない。

「じゃあ、食品会社を辞めて六年間も何をしてたの。正直に言いなさい」

由佳は、じっとアキラを見た。今のおじいさん、おばあさんの話は、僕に、それを言わせるために作った話かもしれない。でも、今の由佳にならあの時のことを話してもいい気がした。いや、由佳に話を聞いて欲しいとさえ思った。

「僕は、株のトレーダーをやってました」

「株のトレーダー。株って、株式会社の株？」

「そう。その株です」

「アキラ君は、証券会社にいたの？」

「いえ。証券会社ではありません。僕は個人でデイトレードをしていました」

「デイトレード？」

　由佳には何のことかわからないようだ。当然のことだ。ほとんどの人には関係がない。

「デイトレードとは、どの株が、上がるか下がるかを予測して株を短期で売り買いをして、一円、二円のさやを稼ぐ、まるでギャンブラーがやるようなことです」

「株を売り買いしてさやを稼ぐ？　アキラ君て、むずかしいことやってたのね。でも、そのトレーダーさんが、どうして、あそこでお花屋さんをやってたの？」

　由佳は、そこを一番聞きたいようだ。しかし、そこは言うことはできない。アキラは下を向いた。

「まだ、そこまでは思い出せないのね。ならいい」由佳は、あっさりとあきらめた。

「アキラ君、人は、自分の失った半分を探し求めているって話、知ってる？」

「プラトンの本にある話ですか？」

「プラトンって、誰？　アキラ君は、むずかしいことばかり言うんだから」

　由佳は、話をちゃかされたと思ったのか、怖い表情をした。

「すいません」

「私、あれって、本当のことだと思うの。背が低い人は、背が高い人を。暗い人は、明るい人を。弱い人は、強い人を、ずっと探し求めてるの。人が生きてゆくためには、自分にない半分を持っている人が絶対に必要なのよ。アキラ君は、そう思わない？」

（低に高。暗に明。弱に強か）そうかもしれない。アキラは、うなずいた。

「自分の残りの半分を見つけないとね、人は長い人生を生きてゆけないの。あのおじいさんと、おばあさんのようにね」由佳はそう言って、ニッコリとした。

「アキラ君。私に、一ついい提案があるんだけど、聞いてくれる？」

「いい提案なら、いつでも大歓迎です」

「私たち付き合ってみない？」

「え」

「先週、銀座の有名な占い師さんに、私とアキラ君の相性を占ってもらったの。私たちの相性、最高にいいみたいよ」由佳は、声をひそめて言った。

「占い師」アキラは唖然とした。本当に占いに行く人がいるのだと思った。

「私、大切なことを決める時には、いつも、その人に占って貰ってるんだ」

「その占い師とは、当たるんですか？」

「当たるわよ。だって、私、いいことだけしか信じないもの」由佳は言う。

「そりゃあ、当たるはずだ」アキラは、思わず笑ってしまった。

「そうでしょう」由佳は、当然のように言う。由佳には、とても勝てない。

「私といると、アキラ君の人生に、きっといいことがあるよ」由佳が笑顔で、そう言う。

（僕の人生にいいことがある）素敵な言葉だ。

「それなら、承知しました」

8

「アキラさん、いいホテルじゃないですか」

気がつくと、中川がフロントの前に立っていた。

「中川さん、わざわざ、おいでくださって本当にすいません」

アキラはフロントから出て、ホテルマンらしいお辞儀をした。

「いえいえ。私も、そこの駅前にあるビルでレンタルオフィスの契約をしてきたところなんです。だから、丁度、よかったんですよ。それにしても、豪華なホテルだなあ」

中川はロビーを見回して、感心している。

「吉村君、ちょっと、ランチに行ってくるから後を頼む」

アキラは電話を終わった吉村に言った。吉村には、今日、友人が来るからお昼の時間だけ、フロントを代わって欲しいと頼んであったのだ。

「はい。山際マネージャー、僕は二時までは大丈夫ですから。ゆっくり行ってきてください」

吉村は、中川にも礼儀正しいお辞儀をした。

アキラは中川とホテルを出て、先日、先輩と会ったイタリアンレストランに入った。まだ、お昼前なので、だいぶ空席があった。中川は、メニューをのぞいて「どれも、おいしそうだな。でも、僕のお昼は、居酒屋のランチ専門なんで、こんな横文字の料理は迷っちゃうな」と笑いながら、〈今日のおすすめパスタ〉にメニューを決めた。アキラも同じものを注文した。

「中川さん、父の件では、大変、お世話になりました」

アキラは両膝に手をついて、中川に深く頭を下げた。中川のもとに一度、お礼に行かねばと思いつつ、めまぐるしい毎日になってしまい、なかなか連絡できないでいた。そこに、昨日、中川の方から、近くに寄る用があるからと電話があったので、アキラは、中川をランチに誘ったのだ。

「もうよしにしましょう。それにしても、アキラさんは偉いなあ」

「何がですか?」アキラは、頭を上げた。

「だって、アキラさんは、さっそく新しいことにチャレンジしているじゃないですか。もう立派なホテルマンになっている。驚きましたよ。さすがは副理事長の息子さんだ」

「そうだといいんですが、まだ、わからないことばかりで」アキラは、首筋に手をやった。

「私も、アキラさんに負けないように、新しいことにチャレンジすることにしましたよ」

中川は明るく言った。そういえば、中川から電話があった時に「アキラさんに報告したいことがある」と言っていた。

「中川さんも、何か、新しいことを始められるんですか？」

「私は、投資のコンサルタントとして独立することにしました」

父親の葬儀の時に、中川が何か迷っているような感じを受けたが、このことだったのかと思った。しかし、投資のコンサルタントとはあまり聞いたことがない。

「投資のコンサルタントとは、どんなことをされるんですか？」

「投資コンサルタントとは、投資で資産を増やそうという人たちに、投資に必要な情報を提供して、資産を殖やすお手伝いをする仕事です」

デイトレードは超短期の勝負なので、投資の情報など不要だった。しかし、普通の人が、普通に投資をして資産を殖やしたいのなら、そんなアドバイザーがいれば助かるだろう。

「それは、いいお仕事ですね」

「まあ、そうなんですけどね。でも、日本で、その仕事が成り立つかどうかわからないんですよ」中川は、自信がなさそうに言う。

「どうしてですか？」

「日本では、投資をする人が、まだまだ少ないんです。だから、そんな仕事が成り立つかわからないんです」

アキラは、先日、ネットのニュースで見た記事を思い出した。

「最近、株の積み立て投資を始める人が増えていると聞きますが、そういう人たちからの相談があるのではないですか」

「いや、残念ながら日本では、投資コンサルタントの出番は多くないと思います。なぜなら日本には、そういったノウハウにお金を出すという習慣がないからです。有料でも専門家の意見を聞きたいというお客さんは、たぶん少ないでしょう。私も、会社の名刺をなくせば、ただの投資サギだと思われるかもしれません」中川は、苦笑した。

「僕には、とても価値のある仕事だと思いますが」

アキラはそう言ったが、現実とは、そういうものかもしれないと思った。

「でも、アキラさんに、そう言ってもらえると心強いですよ。私が独立を決意できたのも副理事長とアキラさんのおかげなんですから」

「それは、どういうことですか？」

「副理事長はこれまでの人生をきっぱりと捨てて、建設現場で、生き生きと働かれていました。そんな副理事長のお姿を見ていて、私も残りの人生は、自分のやりたいことをしたいと思いました。ただ、私にも息子がいましてね。今、大学の四年生なんですが遊んでばかりで、今年は留年しそうだったんです。私が独立なんかして、無収入にでもなったら、息子を大学を出してやることが出来なくなるかもしれない。そう思うと、なかなか踏ん切れなかったです。それが、うちの息子は、私の悩みを女房から聞いたようで、一念発起してくれましてね、こないだ、大学の卒業の目途がたったばかりか、就職先も決まったんです。女房が大喜びしましてね『息子さえ、自立してくれれば、私がパートでもなんでもやるから、あなたは好きなことをやったらいい』と言ってくれたんですよ。ありがたいことです」

中川は、手を合わせるように言った。アキラは、初めて、人の家庭がうらやましく思えた。

「僕に、何かお手伝い出来ることがありませんか？　何かあればお手伝いをさせてください」

アキラは本気でそう言った。中川と出会わなければ、僕は本当の父親の姿を知ることもなく、いまだに薄暗い駅前のロータリーで迷子になっていただろう。

「アキラさん、気を使わないでください。そんな、つもりでお話ししたんじゃありませんから。でも、会社を辞めると、いろいろとお金がかかるものですね。コンサルタントは体一つで出来るからと気楽に考えていましたが、いざ、やろうとすると自分のデスクも電話もありません。それで、そこの共有オフィスを借りることにしましたが、意外に家賃が高いんですね。それに共益費もかかる。本当に稼がなきゃと思います。もし、どなたか、アキラさんのお知り合いに、投資にご興味がある方がいたら、ご紹介ください。今、そこで、名刺も作ってきましたので」そう言って、中川は名刺を見せてくれた。

白い紙に、ただ〈投資コンサルタント、中川篤〉とだけ印刷された中川らしい名刺だった。アキラは、中川から、その名刺を二十枚くらいもらった。ホテルのお客さんで投資に関心がある人がいれば、中川を紹介しようと思った。中川なら間違いなく、誠実にして、最良の投資法をアドバイスしてくれるだろう。

食後のコーヒーを飲みながら、アキラは迷っていた。あの件を、中川に相談してみようと思っていたが、父のことで、さんざん面倒を掛けた上に、こんなことにまでに、中川を巻き込むことには気が引けた。しかし、中川以外に、相談出来る人がいない。中川は、投資関係の資格以外に、税理士の資格も持っていた。会社の経営のことにも詳しいだろう。それに、中川なら、少なくとも話を真剣に聞いてくれるのではないかと思った。

「中川さん、少し面倒なご相談があるのですが、いいでしょうか？」アキラは低い声で言った。

中川はアキラの顔つきが変わったのを、一瞬で察した。さすがは証券業界を生き抜いてきた人間だ。

「どういうことですか？」中川も声をひそめた。

アキラはそれから三十分近く、中川に話をした。今いるホテルの経営状態。石という中国人の経営者のこと、こういう場合、どうやって資金を調達しているのだろうかと聞いた。

中川は、静かにテーブルを見ながら、アキラの話を聞いていた。

「ホテルは、毎月、大きな赤字なんですね。その上、ホテルにはこれといった内部留保はなさそうで、中国の親会社からの送金もないんですね。それが本当なら、確かに不思議な話だな。あとは銀行から融資を受けるしかありませんが、その経営状況だと普通の銀行は貸しません。にもかかわらず、社長は多額の役員報酬を受け取り、不渡りも出していない。とても不思議だな」中川は、腕を組んで口を真一文字に結び考えている。しばらくして、中川はアキラを見た。

「ただ、一つだけ、可能性があります」

「なんでしょうか？」アキラは、テーブルに体を乗り出した。

「粉飾です。粉飾決算をやっていたら、話は別です」

「粉飾決算？」

「利益が出ているような架空の決算書を作り、それを銀行に見せて、信用をさせて金を借りるのです」

「そんなことで銀行が騙されますか」

「帳簿を少しいじったくらいなら、銀行の審査段階ですぐにわかってしまいます。ただ、もし、会計事務所まで巻き込んだ巧妙な決算書を作られると、銀行でもなかなか見抜けないのではないかと思います。それに、今は優良な貸し手が少なくて銀行も困っていますので、審査も甘くなっているはずです。決算書さえちゃんとした内容で、利益が出ていることになっていれば、銀行によっては融資をするのではないでしょうか」

アキラは株のトレードの勉強をしている時、何かの本で粉飾決算は大きな罪になると読んだ記憶がある。

「粉飾決算は、確か、犯罪になるのではないですか？」

「そうです。粉飾決算は重大な犯罪です。まず、株主を欺くことになりますから背任罪にあたります。銀行を騙して金を借りれば、詐欺罪になります。利益も出ていないのに多額の役員報酬を受け取ることは、違法配当罪になります。粉飾決算は、金額によっては実刑もありうる重い罪です」

「それを、どうやって見つければいいんでしょうか？」

中川は、まっすぐアキラを見た。

「粉飾決算には必ず二重の帳簿があるはずです。その裏帳簿を押さえれば、それが動かぬ証拠になります」

「二重帳簿ですか」アキラは、考えた。

＊

アキラと由佳は、無理をしても、週に一回、会っていた。

会う日は、由佳の休みとアキラの夜勤明けが重なる月曜日にしていた。夜勤明けのアキラにとってきついことだったが、それ以上に、由佳の明るいエネルギーが必要だった。

ホテルの近くで会うと誰かに見られるかもしれない。由佳は気にしないと言っていたが、アキラは十分、気をつけた。だから、会うのはホテルから離れていて、由佳が好きなインテリアショップが多くある青山が中心になった。

その日も、月曜日の昼前に、青山のイチョウ並木通りにあるカフェで待ち合わせをした。十二月も中旬になっていたので、少し早いが、今日は二人でクリスマスを祝うことにしたのだ。アキラはこれまで青山にも縁がなく、ほとんど来たことがなかったが、今は毎週のように来ている。歩く道も慣れてきた。地下鉄を降りて青山通りを渋谷方面に向かって、少し歩くと大きな石灯籠がある。そこを右に曲がると、青山でも有名な大イチョウが並んだ通りがあった。

東京とは、不思議な街である。ビルばかりかと思うと、こんなイチョウの大木が並ぶ通りがある。その通りに、待ち合わせのカフェがあった。北欧のログハウスのような店で、カフェの入り口には大きな樅の木があり、その本物の樅の木にクリスマスの飾り付けがしてあった。

店に入った。店内は暖炉に火をくべたような暖かさで、古いジャズのクリスマスソングが流れていた。由佳は、まだ来ていない。アキラは並木道が見える、いつもの窓側の席に座り、注文したコーヒーを飲みながら、通りを見ていた。その道路を、十台くらいのクラシックカーが連れだって走っていった。色とりどりのクラシックカーで、それに乗るオーナーたちは、昔の西洋貴族のような格好をしていた。彼らは、個性的な生活を十分に楽しんでいるように見えた。アキラは、ここが東京で初めて好きな場所になるかもしれないなと思った。

由佳は約束の時間を三十分以上、遅れて、店に走り込んできた。由佳が、約束の時間に遅れることはよくあることで気にもしていなかった。

「アキラ君、本当に、ごめんね。今日は、朝一番で美容院の予約が取れたんで、美容院に行ってきたんだけど、混んでてね、一時間も待たされちゃった。髪も、こんなに短くチョンチョンと切られちゃった。どう、私って、変じゃない？」

由佳は機関銃を撃つように言って、アキラの前で体を一回転して見せた。今日の由佳は、スエードのスカートスタイルで、髪もきれいになっていて、とてもいい感じだった。

「いいと思うよ」アキラは、コーヒーを飲んで言った。

「いいって、どういいの？」由佳は飛びつくように椅子に座って、不満そうに聞いた。

「だから、いいって感じだよ」アキラは笑って、言う。

「いいって感じって、何が、どれくらい、どういいの。アキラ君て、いつも曖昧なんだから」由佳は、アキラの腕を揺らして言う。由佳は二人になると、まるで子供のようになる。アキラは、その変わり方につい笑ってしまう。

「なに、ニタニタしてるの。ちゃかさないで、ちゃんと言ってよ」

「じゃあ、耳を貸して」アキラはあたりを見回して、大事なことを話すように言う。

「なになに」由佳は嬉しそうに髪をかき上げて、右の耳を出す。

「今日の由佳さんは、空が、どこまでも高いくらい、いい感じさ」

由佳は、一瞬、笑顔を浮かべたが「空が高いだけ？」とまだ不足そうに言う。

アキラは、由佳の耳に口を近づけた。

「今日の由佳さんは、海が、どこまでも深いくらいにいいよ」

「海が深いだけ？」由佳は、まだ納得しない。

「耳、もっと寄せて」

「こう」由佳は耳を近づけて、目をくるくるとさせた。

「今日の由佳さんは、誰にも負けないくらい、いい感じさ」アキラは由佳の耳にささやいた。

「そう。私って、誰にも負けないくらい、いい感じなの。それなら、いい」

由佳はようやく満足して、運ばれてきた紅茶をおいしそうに飲んだ。

これが、いつもの二人の会話だ。「いい」が「誰にも負けないくらい、いい感じ」と言うだけで、由佳はこんなに変わるのだ。そこが、とても面白い。こんな無邪気な会話がアキラの心を温めてくれる。

店の女の子が、食事のオーダーを取りに来た。由佳は、まだ朝食を食べていないと言う。アキラも夜勤が明けてから何も食べていなくて、腹が鳴るほどだったので、いつもより豪華なサンドイッチと、普段は頼まないワインを注文した。皿一杯のサンドイッチに、よく冷えた赤ワインが大きな丸いグラスで出てきた。二人は、クリスマスに乾杯してワインを飲んだ。アキラは昼にワインを飲むのは初めてのことだ。あまりにもうまいので、おかわりを頼んでワインをもう一杯飲むと、猛烈に眠くなってきた。もう一日近く眠っていないのだ。目を閉じそうなった。その時、由佳が大声を出した。

「大変！　もう、こんな時間。バーゲンの商品、誰かに買われちゃう。今すぐ出ましょう」

由佳は椅子から立ち上がって、もうコートを着ている。時計を見ると、まだ二時を過ぎたところだ。いつもなら、ここでもう少し、おしゃべりをしてから、神宮前の公園あたりを一周するのだが、今日は、この近くのインテリアショップで、アンティークの家具がクリスマスバーゲンになっているというので行く約束になっていた。一年に一度のセールらしく、由佳はすでに、買うものは決めてあるという。それを「人に買われてしまう」と、騒いでいるのだ。アキラは、こんな眠い午後に、クリスマスセールとは億劫な話だと思ったが、由佳に、無理矢理連れて行かれた。

インテリアショップは、ガラスで出来た四角い箱のような建物で、店内は外の光が入り、家具がさりげなく置かれていた。由佳が目を付けていた家具は、その店の中央にあって、由佳は、それに一直線に向かった。どれほどすごい家具かと思ったら、そこにあったのは、わずか六〇センチ四方の天板に引き出しが一個だけついている古い机だった。小学校の時に学校で使っていたような机だ。由佳は、それをチェストと呼んだが、アキラには、使い古されたただの古机にしか見えない。店員が来て、イギリスから来たというその家具の由来を詳しく説明してくれるのだが、由佳は店員の説明を一切聞かずに、引き出しを開けたり閉めたりし、あげくには引き出しを完全に出してその裏側まで確認している。アキラは、眠くて仕方がなかったが、その値札を見て目が覚めた。そのただの古い小さな机が、赤字のセール価格で、二十万円と書いてあるのだ。見間違いではない。値札には、間違いなく二の後にゼロが五個ついている。由佳は納得したようで、クレジットカードの一括払いで、それを購入した。アキラには信じられない買い物だった。由佳はたったの十分で、ただの古机を二十万円で買ったのだ。

「本当に掘り出しものよ。私、こんな家具に巡り会えて幸せだわ」

由佳はとても満足しているが、普段、めったに買い物をしないアキラには理解しがたいことだった。

二人はインテリアショップを出て、イチョウ並木に戻って、公園に向かった。冬の夕暮れは訪れるのが早い。すでにイチョウの並木にはまぶしい夕日が差し込んでいて、並木道は、まるで黄金のドームのようなっていた。由佳がアキラの腕に手を回してきた。アキラは手をダウンジャケットのポケットに入れて輪を作る。由佳がその輪につかまった。二人は、その道を話をしながら歩く。

「ねえ、アキラ君、あのインテリアショップの店員さん『このチェストは、きっと奥様方の寝室にぴったりですよ』と言ってたわよ。私って、アキラ君の奥様なの？」

由佳はアキラを見上げて聞く。アキラはその言葉にドキリとしたが、黙って歩いた。

いつもの公園に着いた。芝生に覆われた、ラグビー場が二つは取れるほどの広い公園だ。日が落ちたばかりで、公園全体が薄い紫色に染まっていたが、公園の中央まで歩く頃には、公園は闇に包まれた。そこに、人の背丈ほどの高さのＬＯＶＥという文字のモニュメントがあり、それが真っ赤に光り輝いていていた。

「まあ。なんて、きれいなの」由佳は、モニュメントに駆け寄った。

アキラもそのモニュメントに見とれた。それが、まるで生きた心臓のように見えたのだ。

「アキラ君、私のこと好き？」由佳は振り返って、アキラにそう聞いた。

アキラの体に強い電流が走った。今まで、そんなことを直接聞かれたことがなかったのだ。由佳はアキラを、じっと見ている。今日は、何か答えないといけないようだ。

「そうだな、好きかな」アキラは、ぼそりと言った。

「そうだな、好きかな、なんかじゃあだめ。もっとはっきりと言って」

由佳は、強い口調で言った。アキラはその声に押された。

「好きだ」

「誰を？」

「由佳さんを」

「それを続けて、大きな声で言ってみて」

「僕は、由佳さんを好きだ」アキラは、舞台でセリフを言うように大声で言った。

「はい。わかりました」

由佳はあっさりと納得し、自分のバッグから金色のリボンが付いた長い箱を出した。

「クリスマスのプレゼント」由佳がニッコリとして、それを渡してくれた。

「開けて。早く、早く」由佳が、せかすように言う。

アキラは不器用にリボンをほどき、箱を開けた。中からグレーのマフラーが出てきた。

「アルマーニのマフラーよ。本当は、アルマーニのジャケットにしたかったんだけど、お金、家具に使っちゃったから、今回はこれで我慢してね。はい。首出して」

アキラは素直に首を差し出した。由佳が首にマフラーを、きちんと巻いてくれる。マフラーなんて中学以来だ。首が驚くほど温かくなった。

「アキラ君、三割は男前になったよ」由佳が嬉しそうに言う。

「ありがとう」アキラはそう言って、自分のダウンジャケットのポケットに手を入れて、小さな包みを出した。こちらにも、金のリボンがしてある。

「エッ、アキラ君からもプレゼントあるの。嬉しい。何だろう、開けていい」

由佳は、子供のように目を輝かせて言った。由佳は、リボンを壊さずに包みを開ける。中から小さな銀の指輪が出てきた。

「あ、指輪だ。ダイアも付いている！」由佳が、小さな指輪を手にのせて言った。

昨日、ホテルを抜け出して、デパートで買ってきたものだ。アキラでもなんとか買えた小さなダイアのかけら付きの指輪だ。

「アリの爪ほどしかないダイアだけど」

「私には最高のダイアモンドよ。ねえ、アキラ君、私の指につけて」

由佳が指を出す。アキラは由佳の指のサイズを知らない。店員と由佳の指のサイズを想像して選んだものだが、それが、ぴったりと指にはまった。

「わー、ぴったりだ。どう、似合う？」由佳が、自分の左手を大きくして見せた。その指が輝いて見えた。

「うん。とてもいいよ」

「アキラ君、ありがとう。じゃあ、顔を出して」

　由佳がマフラーを直してくれるのかと思って顔を出すと、由佳は、突然、アキラの首に両手を回して、キスをした。アキラは驚いて体を止めたが、由佳の唇のあまりの柔らかさと温かさに、アキラも思わずキスを返していた。

　それから三十分後、アキラと由佳は公園を出た。並木道は、もう真っ暗だった。その道の先に青山通りのネオンが見える。アキラと由佳は手をつないで、そのネオンに向かって歩いた。

「ねえ、アキラ君、私のどこが好き？」

「そうだな、買い物が大胆なところかな」アキラは笑いながら答えた。

「それって、私が贅沢だって言いたいんでしょう」由佳は立ち止まり、頬を膨らませた。

「他には？」と催促するように聞く。

「行動が大胆なところかな」

「それも、私が無鉄砲だって言いたいんでしょう。私、何一つ、いいところないじゃない」

由佳は、アキラの手を引っ張って言う。アキラは、立ち止まって由佳を見た。

「でも、由佳さんは人を元気にさせるよ。そこが、一番いいよ」

アキラが、ずっと思っていたことだ。

「私は、人を元気にさせるの。私、アキラ君を元気にさせてる？」

「もちろんだよ」アキラは、笑顔で言う。

「アキラ君が元気になるなら、私、それでいい」

由佳はそう言ってアキラの腕を取り、腕に頭をつけた。

「私、もっと、アキラ君を元気にさせるね」由佳は、幸せそうに言った。

二人は、青山通りでタクシーを拾って、恵比寿のラーメン店に向かった。街のいたるところで、クリスマスのイルミネーションが光っていて、東京の街は、まるで巨大なメリーゴーランドのようだった。由佳は、タクシーの中でも、アキラに寄りかかって、指の小さなダイアモンドの指輪を幸せそうに見ていた。アキラも、幸せな気分だった。

今日の東京のお父さんの店は、ほとんど客はいなかった。二人は、奥の特別席に入った。こんな客が少ない時は、店主も話に加わり家族のような会話になるのだが、「今日は、二人でクリスマスのお祝いするの」と由佳が言うと、店主は遠慮してくれて、カウンターのお客とおしゃべりをしていた。アキラと由佳は、北海道のラーメンと餃子とビールで、もう一度、クリスマスを祝った。

店が閉まる十時に、二人は外へ出た。十二月の夜は、さすがに寒かったが、空気が澄んでいて、外灯までが、おとぎの国にある物のように美しく見えた。酔いも回り、さすがに、アキラは眠くなってきたので、タクシーで帰ろうと思い、駅のタクシー乗り場に向かった。

タクシー乗り場に近づいた時、由佳が「これから家に来ない」と小声で言った。アキラはうなずこうとした時、突然、春絵の顔が頭に浮かんだ。春絵は、さみしそうな顔をしていた。

「ごめん、今日は帰るよ。少し眠いし、明日も年末のお客さんが、かなり入っているしね」

「そうだね。アキラ君、ほとんど寝てないものね。じゃあ、また、今度ね」

由佳はそう言って、明るい笑顔を浮かべた。タクシー乗り場には、タクシーが何台か待っていて、先頭のタクシーのドアが開いた。

「アキラ君、今日は、本当に素敵なプレゼントをありがとう。ゆっくり休んでね」

由佳はそう言って、アキラをタクシーに入れた。アキラは心配になり、タクシーの窓を下ろして「由佳さん、途中まで、一緒に行く？」と声を掛けた。

「私は大丈夫。また明日」由佳がそう言って小さく手を振った時、タクシーが走りだした。アキラは車のサイドミラーで、由佳を見た。由佳は一人で寒そうだった。

＊

それから数日後の夜、アキラと先輩は、六本木に向かっていた。

「アキラが、そんなことをやってるなんて、俺、夢にも思わなかったぜ」

先輩は、タクシーの中で興奮している。

由佳と会った次の日、日本に戻った張から電話があった。張が海外で聞いてきた話によると、石のホテルを売る計画がだいぶ進んでいるらしい。大至急会いたい、と言う。アキラは、中川から粉飾決算の可能性の話を聞いたが、それが事実かどうかさえわからない。ホテルを取り戻すには、まず、石が決算を粉飾しているという事実をつかみ、それを証明しなければならない。簡単なことではない。アキラは考え抜いた末、先輩と中川に協力を申し込むことにした。中川は、長く証券業界で働いてきた金融業界のプロだし、先輩は、貸金業という仕事がら裏の金融界に詳しいはずだ。ホテルの経営内容をつかむには、二人の協力が、是非とも必要だ。

中川と先輩に事情を話して協力をお願いしてみたら、二人とも協力を快諾してくれた。二人とも本日の張との話し合いに参加してくれると言う。中川は、お客さんとのアポイントがあるので、直接、行くと言う。先輩は、電話でアキラの話を聞いているうちに「ミッション・インポッシブルみたいだ」と声のトーンが、上がってくる。先輩には、そんないいものではないと言っているのだが、この人は、一度、盛り上がると人の話を全然、聞かない。先輩が本当に状況を理解したかが大いに不安だが、アキラは、二人に話をしてホッとした。結局、自分一人では何も出来ないのだ。これから、先輩、中川を交えて、張の店でそのことを相談することになっていた。

「先輩、やっかいな話に巻き込んで、すいません」アキラは暗いタクシーの中で、頭を下げた。

「いいってことよ。日本のホテルに外国の魔の手が伸びているんじゃ、この日本男児の小林さんが黙ってるわけがないじゃないか。それに、久しぶりにワクワクする話だしよ。さっそく、おまえの言っている石と陸とかいう中国人のことを仲間に当たってみたぜ。おまえの読んだ通りだな。あいつら銀行に金を借りまくってる。とうの昔にあのホテルも土地も銀行の担保に入っていて、新しい担保でも積まない限り、もう、あのホテルは銀行から金は借りられないようだな。それで、陸という男が闇金業者に話を持っていったようだが、相手は中国人だ。どんな裏のシンジケートとつながっているかわからない。さすがの闇金も手を出さないみたいだ」先輩は流れるように話をした。さすがに先輩だ、いたるところに人脈がある。

「それにしても、アキラ、おまえ、すごいわ」先輩は、感心するように言った。

「何が、すごいのですか?」

「おまえが、駅前で花屋をやってることが、俺には不思議で不思議で、仕方がなかったんだよ。おまえと花屋がどうしても結びつかない。その理由が、ようやくわかったぜ。おまえ、あのホテルの内情をつかむために、忍びで仮の花屋をやっていたんだな。その上、おまえ、ちゃっかり、そのホテルの社員になって敵のアジトにもぐり込んじまったんだぜ。

吉良邸に討ち入りの時のソバ屋より、すごい話じゃないか。俺も、これから、その討ち入りの密会に参加できるなんて最高に嬉しいよ」先輩は、しびれるように言う。

先輩は、何事もドラマチックに考えたがる。先輩の想像力には驚くばかりだが、先輩の夢を、あえて壊さないことにした。

タクシーが六本木の住宅地に入り少し走ると、灯りが見えてきた。

「お、アキラ。あれが密談場か。ぴったりの場所だな。あれ、外に、誰か、いるぞ」

先輩が、シートから身を乗り出す。ライトの先に、きちんとスーツを着て、黒いカバンを両手で持って立っている中川の姿が浮かび上がった。

タクシーが店の前で止まる。アキラは、すぐにタクシーから降りた。

「中川さん、わざわざ、お越しいただいて本当にすいません」アキラが頭を下げた。

「いえいえ。お客さんとのアポイントが隣の駅だったから、丁度、よかったですよ。六本木には、隠れた会員制のレストランがあると聞いてたけど、こんなところに本当にあるんですね。私には、一生無縁のところだな」中川が、めずらしそうに中を覗く。

「これは、株屋さん。あの時は、どうも」先輩が後ろから顔を出して「こちらの株屋さんも、今日のお仲間？」と用心深くアキラに確認する。

「そうです。こちらは中川さんと言われまして、僕の父親の恩人です。この方にも計画に加わっていただけることになりました」アキラはそう言った。その時、店の中から、張が現れた。

「これは、アキラさんも、みなさんも、ようこそおいでくださいました」

今日の張は、とても引き締まった顔をしていた。張のこんな顔を見るのは、初めてのことだ。張には、この二人に今回の計画に参加をしてもらうことを、事前に話してある。

「みなさん、ご協力、ありがとうございます。どうぞ、中へ、どうぞ」

張は、ホテルのドアボーイのようにみんなをレストランに招き入れた。

細い廊下を行き、いつもの奥の部屋に通されて、みんなは円卓に座った。すぐに、チャイナ服を着た二人の女性が酒を運んできた。張は高く杯を挙げて、みんなに深い感謝を述べ、ここに梁山泊の同志が参集したことに乾杯をした。先輩は、アキラに、梁山泊て何だ、と小声で聞いてきた。アキラは手短に説明したが、先輩は、自分たちが赤穂浪士でないことに大変不満のようだった。

張は、本題に入った。

「これ、私のインドネシアの友人から聞いた話なんだけど。石は、日本に所有するホテルを全部売る話をアメリカの会社に持ち込んで、話がだいぶ進んでいたらしいよ。だけど交渉の最後になって、相手側が、日本の地方にあるホテルはいらない、東京のホテルだけなら買う、と言いだして交渉が止まっていたそうなんだ。だけど、ここにきて、シンガポールの会社が出てきて、日本のホテルを全部まとめて購入するから、是非、売って欲しいと言われて、話が急に進展したと言うんだよ。この調子だと、来月中には契約成立になるらしいんだ。アキラさん、困ったよ」

張は、悲壮な顔で言った。

「張さん。今回も胡さんの所に行かれたんですよね。胡さんは、何て言われているんですか？」

「もちろん、私、胡さんのところにも行ってきたさ。『このままでは、ホテルが本当に売られてしまう。今度こそ胡さんの義理の父親に助けてもらおう』って、頼んだよ。でも、胡さんは、どうしても首を縦に振らないんだ。『石が社長として、正規の方法でホテルを売るというなら、それは仕方のないことだ』って言うのよ。あの人は頑固な人なんだよ。あの人を説得するには、石が不正をしていて、それを隠すためにホテルを売るという証拠が必要だよ。あの人は不正は絶対に許さない人だから」

「胡さんを納得させるには、石さんが不正をしているという証拠があればいいんですね。それがあれば、胡さんは本当に動いてくれるんですね」アキラは、念を押すように言った。

「そうだよ。それがあれば、私、もう一度、胡さんに会って、今度こそは、必ず胡さんを説得してみせるよ。もし、それでも胡さんがイヤと言うなら、私の面子、全部なくなる。私、胡さんとの義兄弟の約束をなしにするよ。これ、本当のことよ」

張は一大決心をするように言った。張が、胡と絶縁するというのは相当な覚悟である。

それを聞いていた、中川が話の口火を切った。

「ホテルを購入しようとしているシンガポールの会社というのは、たぶん不動産系のヘッジファンドだと思います。彼らが、今、東京のいい土地を探し回っていることは証券業界でも有名な話ですからね。そのファンドは、石さんからホテルチェーンを買い取り、東京のホテルの土地を日本のどこかのデベロッパーに高く売りさえすれば、残りのホテルは捨値で売っても、十分に利益が出るとふんだんでしょう。確かに日本のデベロッパーは、この話に飛びつくでしょう。東京のホテルのあるあの場所なら、メインオフィスとして借りたいという大企業はたくさんいますから。あそこになら、銀行も、いくらでも融資をしますし、これは、誰もが乗りたがるプロジェクトです」

「きたねえ。それってハゲタカファンドって、やつじゃないですか」先輩が言った。

「ヘッジファンドには、ハゲタカなんて意識はありません。彼らの目的は二つだけです。大金を投資してくれる顧客に最高のリターンを出すこと。そして、自分たちはそれに見合う高い手数料を取ること。その二つがすべてです」

「俺は、そんなやつらが、日本でのさばるのを許さないぞ」先輩が怖い顔をして言った。

「私も、絶対に許さないよ。あのホテルは、胡社長が長い時間をかけて作ったお客さんに喜ばれる本当にいいホテルだったよ。それをなくすのは、この張が許さない」

張は、頭の上で拳を振り上げた。

「中川さん、石さんの計画を阻む一番の方法は何でしょうか？」アキラが聞いた。

「石さんの不正を暴いて、日本法人の社長から解任することでしょう。社長を解任されれば、当然、石さんはホテルを売却出来なくなります」

「仮に、石さんの不正を暴いたとして、本当に社長を解任が出来ますか？」

「それは、親会社を含めた株主が決めることです」

中川はそう言って張を見た。張は目をギョロつかせた。

「胡さんが動けば、必ず出来るよ。ここの仲間にだけは話すよ。胡さんの義理の父親は、中国の人民解放軍の英雄で、今でも中国で大変な力を持っているよ。その人が出てきたら、中国の親会社なんて、その人の言うがままさ。石なんて、一巻の終わりだよ」

「中国ってのは、お偉いさんが出てきたら、即、解決か。すげえな」先輩は、興奮している。

「それが、中国式の問題の解決法だよ」張が言う。

（僕は覚悟を決めなければならない）アキラは立ち上がった。みんながアキラを見上げる。

「僕は、どんな手段を使っても、必ず、胡社長のホテルを取り戻します。胡社長のホテルを、ただのビルにしてはいけない」アキラはそう言って、両手で円卓をバンと叩いた。

「アキラさん、私、嬉しいよ。あなたは、誰より胡社長の思いを受け取っているよ。みんなも、助けてくれて、本当に感謝するよ。謝謝。謝謝。どうか、石の不正の証拠を見つけてくださいよ。そうしたら、私、絶対、胡さんを動かす。約束するよ。それだけじゃない。私がビジネスで稼いだお金を全部出しても、あのホテルを買い戻すよ」

中川が、アキラを見た。

「アキラさん、二重帳簿です。こないだ、お話ししたように、ホテルの経営が、ずっと赤字なのに資金繰りがついているのは、決算を粉飾して親会社や銀行を信用させて、増資や融資を引き出している以外に考えられません。それをつかむのです」

「粉飾サギって、やつか」先輩が言った。

「中川さん、粉飾をやっている事実が明らかになると、今、進んでいる、ヘッジファンドとの交渉はどうなりますか」アキラは聞いた。

「話は、確実に破談になると思います。どんなヘッジファンドも、決算書を粉飾しているような会社とは取引をしません。彼らは、その手のリスクを一番嫌います。リターンどころじゃなくなりますからね。勿論、どんな日本のデベロッパーも、そんな会社が所有している不動産は買わないでしょうし、銀行は、そんな危険な案件には融資をしません」

「アキラさん、その二重帳簿、なんとか手に入らないか」張が言う。

（二重帳簿）アキラは心の中で考えた。由佳の顔が浮かんだが、打ち消した。彼女を巻き込んではいけない。アキラは、それを自分で探してみようと決心した。

*

次の日はアキラが夜勤に入る日だった。その日に、アキラは、社長室に行こうと決めた。不正の証拠があるとすれば、あそこ以外に考えられない。十二階だ。深夜一時に、アキラはフロントを出た。この時間以降は、客室から電話が入らない空白の時間だからだ。十二階に上がり、社長室に入った。用意したペンライトで、慎重に石の机をあさる。しかし、石の机の中には、よくわからない中国語の書類ばかりで、中川から教えられた決算書らしいものはない。アキラは、はっとした。パソコンだ。石は、たいがいの書類を、パソコンにコピーをして保存していると由佳が言っていた。パソコンに保存するファイルは、無意識にそのままの表題が付けられていることが多い。この場合、「決算書」で検索すれば、ヒットするのではないかと思った。アキラは、石のパソコンを起動させる。ロック画面が、すっと浮かび上がった。ダメだ。石のパソコンには、当然のことながらセキュリティロックが設定されている。ロックをはずすパスワードがなければ、パソコンは開けられない。今日は、十二月三十一日。もう年が明ける。アキラは追い詰められた気分になった。

「誰か、そこにいるの？」社長室の扉の外で声がした。

アキラは、とっさにペンライトを消した。誰かが社長室に入ってきて、電気が点けられた。アキラの姿が浮かび上がる。

「アキラ君！　ここで何してるの」由佳が口に手をあてて、立っていた。

「ちょっと、探し物をしている」アキラの心臓は破れるくらいに動いていた。

「探し物って？」由佳はそれ以上、聞くのが怖いようだった。

9

年を越して正月のホテルの宿泊ピークが過ぎた七日の夜、アキラと由佳は、恵比寿のラーメン屋にいた。由佳と会うのは、あの深夜、事務所で目撃されて以来のことだ。

あの日から、由佳の態度は、よそよそしいものになってしまった。ホテルで話しかけても、事務的に返事を返されるだけだ。なんとかしなければと思っていたところに、昨日、由佳からメールがあった。「恵比寿のお父さんの店で会わないか」と言う内容だったので、アキラは、すぐに「了解」と書いて返信した。

由佳はあの夜のことは何も触れず、黙ってラーメンを食べていた。アキラも黙々と食べた。気まずい時間が流れる。ラーメンを食べ終わると、由佳が話しかけてきた。

「私がこのホテルに入る前に、中国の人がうちのホテルを経営していて、かなり繁盛していたって聞いたけど、アキラ君、その人たちのこと知ってる？」

アキラはこれ以上、隠せない、本当のことを話そうと由佳に向き直った時だ。

「知らないよね。そんな中国の人のことなんか」由佳は、そのことを自分で打ち消して「ねえ、今度の月曜日、初詣に行かない。二人の厄を取り払うの。それから、私の部屋でお雑煮食べない。それとも、私が、アキラ君の部屋に行こうか」と言った。

由佳は、いつもと違って遠慮がちだった。それが、いつの間にか二人の間に溝が出来てしまったことを感じて、アキラには耐えられなくなった。

「由佳さん、僕は、ホテルの決算の時の帳簿を探しているんだけど、それがどこにあるか知らない？」アキラは、思い切って聞いた。

「決算の時の帳簿」由佳の目が厳しくなった。

「そうなんだ。ホテルの決算のもとになった帳簿なんだ」

「そんなもの何に使うの？」

「理由は、聞かないで欲しい」

由佳は、アキラを凝視した。それが一分は続いた。由佳は机の上の伝票をつかんだ。

「いくらアキラ君でも、理由も聞かずにそんなこと言えるわけないじゃない。私、帰る」

「待って、由佳さん。僕は、どうしても、それが必要なんだ」

「だったら、理由くらい言ってよ」由佳はそう言って、アキラを見た。何かを求めてるような目だった。アキラは黙るしかなかった。

「もう、知らない！」由佳はそう言い残して、ラーメン屋を飛び出した。

店主がその声を聞いて、カウンターから出てきた。由佳の姿を見送ると、アキラを見た。
「アキラ君、どうした。由佳ちゃんとケンカでもしたか」
「いいえ。いいんです」アキラはグラスに残った水を、一気に飲んだ。

*

アキラは、それから一週間近く悶々としていた。由佳は、全く別人のようになってしまった。ホテルで会っても、由佳は、無言で回れ右をして行ってしまう。にもかかわらず、石の不正の証拠は何一つみつからない。もうすぐ一月も終わる。来月の初めには、張が、またインドネシアから東京に戻ってくる。張は、また買い手の新しい情報を持ってくるだろう。それまでに、何かの糸口をつかまねば、本当に、このホテルは売られてしまう。アキラの置かれている状況は、益々、悪くなっていた。

その夜、アキラは、いつものように、ホテルの勤務を終えて、自宅のワンルームのマンションに帰った。まだ、何も食べていなかったので簡単な夕食を作ろうと、小さな冷蔵庫を開けた時だった、玄関のインターフォンが鳴った。この古いマンションにもセキュリティゲートはない。こんな夜に誰だろう。最近、通販は頼んでいないのだがと、インターフォンに出た。

「どちら様ですか？」

「山際さん、お荷物ですよ」インターフォンから低い声がした。

のぞき窓から見ると、帽子を目深にかぶった配達員のような人が立っている。やはり、何か通販で注文したのを忘れていたのだと、扉を開けた。心臓が飛び出すかと思った。そこには帽子をかぶった由佳が立っていたのだ。

「これ、何」由佳は、アキラに一枚の紙を突きつけた。

それは、小さな新聞記事を拡大コピーしたもののようだった。アキラはその記事を読んで、目を一杯に見開いた。記事の日付は三年前のものだった。

〈湾岸道路で、トレーラーと軽自動車が衝突事故。死亡者、酒井春絵（28）。大西豊（52）。重傷者、山際アキラ（33）〉と書いてある。

「山際アキラって、あなたのことでしょ。この酒井春絵って誰なの？」

アキラは言葉を失っていた。

「ちょっと、失礼するわよ」由佳は、そう言って部屋に入ってきた。

アキラはあわてて由佳を止めようとしたが、由佳のものすごい力でつき放される。由佳は、すぐに壁に貼ってあった春絵の写真を見つけた。由佳は、その写真をじっと見ている。アキラの背筋は凍り付いた。由佳は、アキラを見た。

「この人が酒井春絵さんなのね。この人が、昔駅前でお花を売っていた子なんでしょう。この子が、あなたの恋人だった人ね」由佳の声が、一言ずつ、大きくなっていく。

「由佳さん、聞いてくれ」アキラは由佳に近づいた。もう黙っているわけにはいかない。

「あなたの話なんて聞きたくない」由佳は、自分の両耳を塞いだ。

「お願いだ、話を聞いてくれ」

アキラは必死だった。何としても、由佳にわかって貰わなければならない。

「あなた、私を騙したのね。あなたは、花屋の子とは関係ないと、私に言ったわ。どうして、そんな、ウソをつくの」由佳は恐ろしいものを見るように、アキラを見た。

「由佳さん、頼む。聞いてくれ」アキラは由佳の腕を取ろうとして、由佳に振り払われた。

「あなたは、うちのホテルの前の中国人の経営者のことも知らないと言ったわ。たぶん、それもウソね。あなたは、何者？　どうして、ホテルの帳簿なんか探しているの。あなたは、その中国人の何なの。あなたは、その中国人に雇われて帳簿を探すためにこのホテルに入ったの。あなた、私を利用したのね」由佳はそう言いながら、戸口の方に後ずさりしてゆく。

アキラは、前に回って由佳の道を塞いだ。

「違う。由佳さん。それは違う。僕は、君を利用しようとしたんじゃない」

「じゃあ。あの写真の子のことや、中国人の経営者のことを、どうして私に言わなかったの。あなたは私を騙して利用したんじゃない。あなたは会社の情報を取るために、私に近寄ったんだわ」

「違う。僕は、絶対に君を騙そうとしたんじゃない」

アキラは無我夢中だった。由佳に、そう思われることが何より恐ろしい。

「何が違うの。私のことが好きだなんて、それも、大ウソなんでしょ。私は、あなたのことを信じていたのよ。それを、こんなものまで用意しちゃって、本当に汚らわしい！」

由佳はそう言って、アキラに小箱を投げつけた。床に小箱が落ちて、中から小さな金属の輪が転がる。アキラが贈ったクリスマスの指輪だ。アキラは、あきらめなかった。

「由佳さん、聞いてくれ。僕は君を騙してなんかいない。僕は君のことが好きだ」

「私のことが好き？　じゃあ、なぜ、あの子の写真が、今でも、ここに貼ってあるの？」

由佳は、春絵の写真を見つめて言う。アキラは、その問いには、うまく答えられない。

「僕は、君のことが好きだ。だけど、春絵のことも忘れられない。僕は、自分でも、どうしたらいいかわからないんだよ！」アキラは床に崩れて、叫んだ。

由佳は玄関の扉に背中を付けて、そんなアキラを見下ろしていた。

「あなたは、私より、死んでしまった子を愛してるんだわ。死んでしまった子が、あなたに何か出来る？　何も出来ないでしょう。私だったら、なんでもしてあげられるわ。私は、こうして生きているのよ。生きていて、あなたのことをこんなに愛しているのよ。それを、あなたは、あなたは」由佳の目から、大粒の涙がこぼれた。

「ウソつき！」由佳はそう叫ぶと、アキラの部屋を飛び出していった。


それから、由佳は体調をくずしたと、ホテルを休んだ。由佳の休みが一週間を過ぎると、吉村が心配しだした。明日にでも由佳の自宅に見舞いに行こうと、アキラを誘う。アキラは曖昧にごまかしたが、吉村は、なかなか承知をしない。自宅に行っても、たぶん彼女は会ってくれないだろう。アキラが黙り込むと、吉村も、二人の間に何かあったと思ったようで、それ以上は言わなくなった。

由佳が休んで十日目の夜、突然、由佳から電話があった。背後に騒がしい音がしている。

「今、恵比寿のお父さんのお店にいるの。すぐに迎えに来て」

由佳は呂律がまわらない口調で、命令するように言った。由佳は、だいぶ飲んでいるようだ。だが、電話をくれたことに、アキラは感謝した。

その日は、夜勤だったが、それを吉村に頼んで、タクシーを捕まえて恵比寿に向かった。時刻は、もう夜の十一時を回っている。普段なら、店は、もう閉まっている時間だったが、店の灯りは、まだ点いていた。店に入ると客はいなく、由佳が一人で机につっぷしていた。机の上には、空になったジョッキが何個もあった。その光景を見て、アキラの胸は締め付けられた。椅子に座っていた店主が、アキラを見てホッとした表情で立ち上がった。

「由佳ちゃん、どうしちゃったのさ」店主は、アキラに小声で聞く。

「ご迷惑をおかけして誠に申し訳ありません」アキラは深く頭を下げた。

「俺は、いいんだけどさ。こんな由佳ちゃん見たの、初めてだよ。さっきまで浴びるように飲んでたんだよ。もう、お酒は、これぐらいにしたらと言うと『うるさい。店主のくせに、お客様に命令するの。もっと、お酒を出して、お酒』ってきかないんだよ。この子、ただでさえ虎のような子なのに、今日は、もう大虎だったよ。これじゃあ、店も閉められないしさ、カミさんは心配して何度も電話してくるしさ、由佳ちゃんは、からんでくるしさ、大変だったよ」

店主は、ほとほと困っていたようだった。

「本当に申し訳ありません」アキラは、また頭を下げる。

「そうしたら、由佳ちゃん、突然、『帰る』なんて言いだしてね。帰るって言ってもね、こんなんだったから『今日は、誰かに迎えに来て貰ったら』と言ったら、由佳ちゃん、携帯を出してさ『あのウソつきを呼ぶか』って言ってね、君に電話したんだよ。何があったか知らないけれど、君も大変だね」店主はそう言って、眉をへの字にした。

「アキラ君は、まだ来ないの」由佳は机に頭を伏せたまま、うわごとのように言った。

由佳が僕に助けを求めている。アキラは、由佳のことが愛おしいと思った。

「由佳ちゃーん、アキラ君、迎えに来てくれたよ。アキラ君、ここにいるよ」

店主がアキラを前に出して、明るい声で言う。由佳は首を横にして、右目だけを開けた。

「あ、アキラ君がいる。あなた、何しに来たの」

「何しに来たは、ないでしょう。アキラ君、由佳ちゃんのことを心配して迎えに来てくれたんだよ」店主がハラハラして言う。

由佳は、ふらふらと立ち上がった。そして、アキラを指差した。

「こんなやつが、私の心配するわけないじゃない。こんなウソつきが」

由佳はそう言ったかと思うと、気を失ったように体がストンと崩れた。アキラは由佳の体が床に落ちる前に抱き止めた。由佳はアキラに支えられて、むにゃむにゃと何か言っている。完全なヨッパライだ。アキラは、その姿につい笑ってしまった。

「こら、笑うんじゃない」由佳は、薄目を開けて言う。

「ごめん。由佳さん、帰ろう。お店、もう閉めるんだってさ」

「私は帰らない。今日は、もっと飲むぞ。アキラ君も付き合え」

由佳はそう言って、机に座り空のジョッキを握る。すごい虎ぶりだ。

「由佳ちゃん、もう店を閉めるよ。家内のやつも心配してるんだ。店、閉めさせてね」

「店主さんも、どこかの誰かさんのように、女の人に頭が上がらないんだ。お気の毒様にね」

由佳は、店主にからむように言う。

「由佳さん、店主さんは、本当にお店を閉めなければいけないんだ。行くよ」

アキラはかまわず由佳の腕を取って、自分の肩に由佳の手を回した。由佳は顔を上げた。

「青山に行こう」

「青山？」アキラは、絶句した。店主も、アキラを見る。

「私、青山のあの公園に行きたい。まだ、あそこにＬＯＶＥがあるかどうかを確かめたい。あそこに行かないんだったら、私、絶対に帰らない」

由佳はそう言って、机にへばりついた。これ以上、この店に迷惑はかけられない。

「わかった。由佳さん、青山に行こう」

「やった！　青山だ」

由佳はそう言って、小さなバンザイをしている。由佳は、まるで小学生のようだった。

「アキラ君、じゃあ、由佳ちゃんを、頼んだよ」店主は、アキラを拝んだ。

「店主さん、すいませんね」アキラが、あやまって店を出た。

寒いはずなのに外が涼しく感じる。由佳は眠ってしまったようだ。アキラは、由佳を肩に抱えて歩きだした。しかし、眠った大人の女性を抱えて歩くのは、想像以上に骨の折れることだった。とても恵比寿の東口にあるタクシー乗り場まではいけない。西口の神社の横で、シートを倒して仮眠しているタクシーを見つけたので、アキラはタクシーの窓を叩いた。驚いて飛び起きた運転手が急いで窓を開ける。

「すいませんが、神宮前の公園までお願いします」

アキラは丁寧に言って、タクシーのドアを開けてもらった。

タクシーの運転手は、相当に不審な客だと思ったようで、運転しながらもバックミラーで何度もこちらを見ている。この寒い一月の夜に、神宮前の公園に行こうとしているカップルだ。幽霊並みに怖いだろう。タクシーは飛ぶように都内を走り抜け、神宮前の交差点を曲がり、公園前で止まった。

アキラは料金を払って、由佳を抱えてタクシーを降りた。公園には、当然のことながら誰もいなかった。アキラは由佳を抱えて、公園をよたよたと歩く。寒さが、段々と、身にこたえてきた。由佳は厚いコートを着ているが、アキラは薄いダウンジャケット一枚だ。苦労して、あのモニュメントの前に来た。誰もいない公園に、ＬＯＶＥという赤い文字だけが煌々と浮かび上がっていた。それは、前に見た以上の神秘的な美しさだった。

由佳が目を開けた。

「あ、ＬＯＶＥだ！」由佳は叫んで、「アキラ君、見て、見て。ＬＯＶＥだよ。まだＬＯＶＥが、ここにあったよ」とアキラの腕につかまって言う。

「なんてきれいなの。なんて素敵なの。まだ、愛はここにあったんだね」

由佳の目は光り輝いていた。こんなことに、こんなに心を躍らせることが出来る子がいる。アキラは、そのことに感動していた。

「アキラ君、ここでダンスしようよ！」

「ダンス？　こんな夜中に」由佳には、毎回、驚かされる。

「そう。二人で腕を組んで、ダンスするの」

「ダンスなら、今度、昼間にしようよ」

「ダメ。今しないと意味がないの」

由佳はそう言うと、アキラの腕をとり、ワルツを踊るようなステップを「一、二、三」「一、二、三」とアキラに教えた。そうして二人は凍えそうな公園をくるくるとダンスをした。やってみると意外に楽しいものだった。三周目を回った時、由佳の足が止まった。

「私、ダメ、もう踊れない。アキラ君、私をおんぶして」

「おんぶ？」アキラは面食らう。

「アキラ君、私を、おんぶして、おんぶ」

「由佳さん、おんぶだなんて。子供じゃあるまいし、わがままだなあ。ちゃんと、自分の足があるじゃないか」

「だって、仕方ないじゃない。私、もう歩けないだもん」

由佳はそう言うと、LOVEのモニュメントに、つかつかと歩いて行った。そして、右足のパンプスを脱ぎ、それをモニュメントに思いっきり投げつけた。

「アキラ君の、大ウソつき！　花屋の女の子なんて知らないと言ったくせに」

由佳は大声で叫ぶ。アキラがびっくりしていると、今度は左足のパンプスも脱いで、投げつけた。

「花屋の女の子なんて大嫌い！　私、死んだ子には勝てないじゃない」

由佳はそう叫ぶと、くるっとアキラに向き直って、笑顔でスカートをつまんだ。

「これで、私、裸足だよ。これでも、歩けって言うの。さあ、私を、おんぶ、おんぶして」

由佳は、子供のようにせがむ。由佳には負けた。たぶん、永遠に勝てないだろう。

「わかったよ」アキラはそう言うと、地面に腰を落とし由佳に背を向けた。

「わーい」由佳は、アキラの背に飛び乗り、全力でアキラの首につかまってくる。

「私のこと、重いなんて言ったら、承知しないぞ」由佳がアキラにつかまって、耳元で言う。

「言わないよ」そんなことを言うと、首を絞められそうだ。

アキラは由佳が落ちないように、二、三度、由佳の両足を持ち上げてから、公園を歩きだした。大人の女性を背負って歩くなんて、初めてのことだ。たぶん、誰もしたことはないだろう。

「私、一度でいいから、こうしてもらいたかったんだ。アキラ君の匂いがする」

アキラは、自分に匂いというものがあるのだろうかと思いながら、由佳を背負って歩いた。それにしても、由佳といると驚ろくことばかりだ。でも、やってみるとすべてが楽しい。こんな毎日なら悪くないかなと思った。

空を見上げた。空には満ちてきた月があった。

そのうちに、背中にスースーと規則正しい音を感じた。由佳は、完全に眠ってしまったようだ。アキラは近くのベンチに由佳をそっと下ろして、由佳のコートのボタンをしっかりと掛けた。ここで朝を迎えるには寒すぎる。アキラは、由佳をベンチに寝かしたまま、青山通りに出てタクシーを拾い、公園の入り口まで来てもらった。眠ったままの由佳をタクシーの後部座席に乗せ、運転手に行く場所を告げた。由佳のマンションだ。

タクシーが、マンションのエントランスに着いた。由佳をタクシーから、なんとか降ろした。タクシーが走り去ると、アキラは、由佳のバッグの中からマンションのカードキーを見つけて、由佳を抱きかかえながらマンションに入った。幸い、この時間、ロビーには誰もいなかった。ロビーに噴水の音だけが響いている。由佳を抱えて、エレベータに乗り、バッグから鍵を取り出して、由佳の部屋に入った。

アキラは由佳を寝室に運び、ベッドに寝かせた。由佳の目がスーッと開いた。由佳は、こちらを見ていた。

「アキラ君、キスして」由佳は半分起き上がって、そう言った。

アキラはベッドに腰をかけて、由佳の肩に手を伸ばした、その瞬間、春絵との夜が蘇った。

（わたしがアキラさんを温めてあげる）

アキラの手が止まり、それ以上、動かなくなった。

「どうしたの？」由佳は、哀しい目をした。

アキラは、何も言うことができない。

「もう、いい」由佳はベッドに倒れ込んだ。

「もう、帰って！」由佳はそう叫んで。アキラに背をむけた。由佳の背中が揺れている。

また、由佳を泣かせてしまったようだ。アキラに、どうしようもない気持ちが押し寄せてくる。アキラは、ベッドから立ち上がって部屋を出た。

＊

それからも由佳はホテルを休んだ。石とは、何回か、ホテルのフロントで会ったが、不思議なことに、ホテルの営業状況も由佳の不在のことも聞かれることはなかった。由佳がいなくて、アキラの仕事は大変になったが、その分、吉村が助けてくれて、ホテルはなんとか回っていた。しかし、由佳が休んで三週間が経つと、吉村が「総支配人の身に何か大変なことが起きているのではないか」と騒ぎだした。

これだけやってくれている吉村に、もう黙っている訳にはいかない。アキラは吉村を非常階段に呼んで、本当のことを話した。自分は、このホテルを石社長から取り戻すために、仲間と連絡を取りながら動いていること。由佳とは恋愛関係にあるが、あることで由佳の不信を招いてしまい、それが原因で、由佳は休んでいるのだろうと言った。

吉村はアキラの話を聞いて、顔を硬直させた。

「山際さん、どうして、そのことを僕に話してくれなかったんですか」

吉村がアキラをなじるように言う。

「これは、君が来る前の話だし、こんなことに、君を巻き込みたくなかったんだよ」

「山際さんがそんな目的があって、このホテルに入っただなんて、僕は大変ショックです。騙されたような気分です。総支配人も、きっと同じ気持ちだと思います」

吉村にそう言われても仕方がない。が、違うのだ。

「君や、総支配人に言わなかったのは、このことが相当な覚悟がいるからだ。万が一、このことが石社長に知れると、たぶん僕は放り出されるだろう。このことに君たちも関わったら、君たちもタダではすまない。こんなことに関係のない君たちを巻き込むわけにはいかないんだ」

吉村は、首を大きく横に振った。

「僕は、今まで、自分がダメな人間だと思い込んでいました。これから、どうしていったらいいのか不安で仕方ありませんでした。山際さんは、そんな僕を外国人客の専任担当にしてくれた。それは、僕には、とてもやりがいのある仕事でした。僕は、このホテルで初めて自分の仕事が見つかったのです。僕は、今、毎日が楽しいんです。ずっとこのホテルで、総支配人や山際さんと仕事がしたいんです。だから、僕は、もう無関係ではありません。僕も放り出されてかまいませんから、山際さんの計画に、参加させてください」

吉村がすごい気迫で言う。アキラは、その気迫に押されていた。

「吉村君、本当にいいのか？」

「勿論です。山際さん。人には給料より、もっと大事なものがあります。それは自分の居場所です。僕は、それを守るために全力で戦います」

アキラは、その吉村の言葉を聞いて、なぜ、自分もこんな危険なことをやっているかがわかった。自分の居場所を守るためだ。

「わかった。僕たちで、僕たちのホテルを守ろう」

「はい！　では、これから、総支配人のところに行きましょう。今のこと、すべてを話して総支配人にも、この計画に参加してもらいましょう。きっと、総支配人も喜んで参加してくれると思います」

「いや、それは出来ない」アキラは、うつむいて言った。由佳との話はそれだけではないのだ。

吉村はアキラの苦しそうな表情を見て、何かを感じ取ったようだ。

「僕が立ち入れないことが、あるのですね。でも、僕は何があっても山際さんについて行きます」と吉村は言う。ここに知らない間に、一人の頼りになる仲間が出来ていた。

＊

それから二日目の夜のことだ、ホテルの従業員の控え室で仮眠していた時、アキラの携帯電話が鳴った。由佳からのメールだった。ごく短い事務的な文章だった。

「お探しのものは、たぶん社長のパソコンの中の〈プライベート↓ホテル↓経理〉というフォルダーの中にあると思います。社長のパソコンのセキュリティパスワードは〇〇〇〇〇〇〇〇です」それだけだ。

アキラは暗い部屋の中で、その短い文字を何度か読んだ。その後、すぐに由佳に電話をしたが、由佳は、電話に出ない。あれから、何度か電話をしているが、一度も出てくれなかった。アキラはメールの返信を書いた。

「大切な情報をありがとう。大変、助かる。出来れば、君と、会って話がしたい」と送ったが、由佳からの返信はなかった。この短いメールが、彼女の出来る精一杯のことなのだろう。アキラはソファーから起き上がった。そしてテーブルの上にあった黒縁のメガネを掛けた。僕は豹だ、猫ではない。豹は狩りに行かなければいけない。

アキラは、由佳のメールの内容を暗記した。何かあった時のために、携帯は持たない方がいいだろう。ホテルの黒いブレザーを着て、ＵＳＢメモリーを一個、ポケットに突っ込んだ。そして、従業員の控え室を出た。

時間は、深夜の一時を回っていた。アキラは十二階に上って、耳を澄ました。何の音も気配もない。事務所のドアを少し開けた。部屋は、真っ暗で誰もいない。アキラは照明を点けずに、社長室に入る。窓からの月光だけが頼りだ。

アキラは石のデスクに座り、パソコンの電源を起動させた。数秒して、パソコンが立ち上がり、セキュリティのロック画面が現れた。アキラは由佳から教えられたパスワードを入力し、エンターキーを、ゆっくり叩いた。唾を飲み込んで待つ。画面に〈パスワードが違います〉と注意マークが出た。アキラは、焦って、もう一度、文字を入れ直してみる。また、同じ画面が出た。由佳のメールの文字を思い浮かべた。絶対に間違いはないはずだ。ならば、アルファベットの大文字と小文字が違うのだろうか。何パターンかパスワードの頭の文字を入れ替えてみたが、結果は同じだった。そのうちに〈頻繁なアクセス〉という注意マークが出て、入力が出来なくなってしまった。

狩りには失敗したようだ。アキラはうつろな気分になり、従業員の控え室に戻った。小さなソファーに横になる。何故だろう。何が問題なのだろう。

（もしかしたら、由佳が、僕を騙したのだろうか）

そんな考えさえ、浮かぶようになった。アキラは、朝までほとんど眠ることが出来なかった。

次の日の夕方、お客さんのチェックインの応対を忙しくやっていた時だ、フロントの内線電話が鳴って、横にいた女の子が電話を取った。女の子はあわてて電話口を押さえた。

「山際マネージャー、石社長からです。すぐに、社長室に来るようにとのことです」

アキラは女の子から電話を受け取ったが、すでに電話は切れていた。石から、フロントに電話があるのは初めてのことだ。何だろうか。ともかく、行くしかない。アキラはネクタイの結び目を直して、社長室に入った。

石は自分のデスクに座り、その横に陸が立っていた。アキラが不審に感じたことは、社長室の入り口に、ホテルの警備員が立っていたことだ。

「ようこそ、山際君」石は椅子に体を沈めて、笑顔でアキラに言った。

「社長、なにか、御用でしょうか？」アキラは、姿勢を正して言う。

「山際君、君も、なかなかの男のようだなあ」

石はそう言うと、椅子を四十五度に回転させて、陸を見た。

「なにか、御用じゃないよ、山際、これを見ろ！」

陸は荒い声でそう言い、社長の机のパソコンを操作した。応接にある大型の液晶テレビの画面が映った。アキラは目を疑った。そこに、石のパソコンを操作している自分の姿が映し出されたのだ。アキラは、後ろからハンマーで頭を殴られたようになった。

「山際、おまえ、社長のパソコンから何を盗もうとしたんだ！」陸が、声をはりあげた。

言い逃れができない状態だ。アキラは黙秘するしかなかった。

「陸、どうやら、山際君は、かかしになったようだな」

石は、皮肉な笑い声を上げる。

「おまえのことは、前からおかしいと思っていたんだ。一体、誰に雇われたんだ」

陸が、刑事のように問い詰めてくる。アキラは無言を貫いた。石が椅子から立ち上がり、陸をどけて、前に出た。

「山際。おまえは、どこかで見た顔だと思っていたが、思い出したぞ。おまえ、昔、胡の部屋、つまりここにいただろ。この部屋で、この俺と会っただろう」

石が眉をつり上げて、顔を近づけてくる。アキラは、何も言わなかった。

「おまえは胡のまわしものだな。それに気がついた俺は、陸と相談して、このパソコンに少しだけ仕掛けをしておいたのさ。ネズミ捕りってやつだ。パスワードを変えておいてね、パスワードの入力に何度か失敗した時に、自動的にあそこの防犯カメラが動いて、この机をズームアップして録画するようにしておいたのさ。いつか、おまえがかかることを楽しみにしていたら、昨日、見事にネズミ捕りにかかったな」石はそう言って大笑いした。そして、真顔になった。

「陸、山際に言ってやれ」石が言う。

陸がアキラの前に出た。そうして、折り曲げてあった紙をアキラの前で開いた。

「山際アキラ殿。貴殿は、当館の機密情報を盗み取るという重大な就業規則違反を犯した。よって、本日を持って懲戒解雇処分とする。これが、正式通知書だ」

陸は、その紙をアキラに押しあてて「鍵や社員証は、ただちに、返却しろ。私物は、三十分以内に片付けろ。おまえが出てゆくまで、このガードマンに監視させる」と言った。

警備員がアキラの脇に寄った。アキラが警備員に腕をつかまれるように、出口に向かった時、「ちょっと、待て」と石が、手を挙げた。

「おまえに、このパソコンのパスワードを教えたのは、由佳だろ？」

石が蛇のような目をむけた。アキラは一言も返事をしなかった。

「あいつも裏切り者だな。由佳は、無断でホテルを三週間以上も休んでいる。陸、いい解雇の理由になるだろう。由佳にも解雇通知を出せ。おまえたち、日本人は、みんな裏切り者だ。俺には、おまえたちが、どうして落ち目の胡のために働くかわからないが、それは、おまえたちの勝手だ。好きにするがいい。この男をホテルからつまみ出せ」

石は警備員にそう言うと、自分の椅子にどっしりと座った。

アキラは警備員に付き添われ、他の従業員の見ている前で、机から私物をカバンに詰めさせられた。みんなが、それを取り巻くように見ている。誰も何も言えない。アキラが控え室を出たところに、吉村が走ってきた。吉村が声を出しそうになったので、アキラは黙るように目で合図した。吉村は、それに気がついて茫然と立っている。アキラはカバン一つで、かって、このホテルに入社した時のようにホテルを出て行った。

人影がほとんどいなくなった駅前のロータリーのベンチに、アキラは座っていた。ここから、石の社長室の灯りが見える。かって、胡社長の部屋だったあの場所だ。あの時の灯りは、本当に温かく感じた。しかし、今、いるのは似ても似つかない人物だ。

「私も、がんばりますから、あなたもがんばってください」

三年前に、胡社長は、あふれるような笑顔で僕に言った。

(僕は、このままこのホテルを出てゆくわけにはいかない。僕は、がんばらなければいけないのだ)

アキラはジーンズのポケットから、携帯電話を出した。そして、由佳と赤く記された名前を押した。いつものように呼び出し音が鳴る。アキラは夜空を見上げて、呼び出し音を数えていた。呼び出し音だけが鳴り続ける。あきらめずに電話器に耳をあてた。いつもなら、このあたりで留守番電話に切り替わるのに、今日は呼び出し音がずっと鳴っていた。きっと、由佳はこの音を聞いているのだろう。

(君だけが頼りだ。君が出てくれなかったら、僕はいなくなる)

アキラは、そう祈りながら携帯電話を耳にあてていた。二分くらいが経過した。いや、たぶん、一分くらいだろう。電話を取る音がした。アキラは携帯電話を右手に持ち直して、由佳の名前を呼んだ。しかし、電話から返事はない。

「由佳さん、そのまま聞いてくれ。聞いてくれるだけでいい。僕は、さっき石社長のパソコンから、帳簿を取り出すことに失敗した。そして、そのことが発覚してしまって、僕は、ホテルを解雇された。その上、申し訳ないことに、君までホテルを解雇されることになってしまった。僕のせいで、君まで巻き込んでしまい本当にすまない。心から、おわびを言う。でも、これだけはわかって欲しい。僕は、最初からホテルを取り戻す目的で、このホテルに入ったんじゃない。このロータリーで君と出会った時、僕は、完全に光を失った人間だった。そんな僕を、君は誘ってくれて、僕はこのホテルに入った。そして、君は、僕にホテルの仕事の面白さを教えてくれた。僕は、自分でも驚くくらいホテルの仕事に夢中になれた。君は、僕の心に再び、光を灯してくれたんだ。とても感謝している。言葉にできないほどだ。ホテルの前の中国人経営者のことや、春絵のことを、君に黙っていて本当に申し訳なかった。何度か、君に話そうと思ったが、言えなかった。それを言うと、ようやく出会った光を、また失うと思ったからだ。でも、僕は本当のことを言うべきだった。たとえ、光を失うことになったとしても。そのせいで、君を深く傷つけてしまった。そのことを、君にあやまりたい。でも、僕は、今でも、君を失いたくないと思っている。それと同じくらい、僕は、このホテルも失いたくない。なぜなら、ここに、僕がやるべきことがあるからだ。だから、由佳さん、僕に、ホテルを取り戻す方法を教えて欲しい。前に話した帳簿を入手する方法を教えて欲しい」

アキラは、電話機に呼び掛けるように話した。由佳は黙って聞いていた。アキラが話し終わっても、電話を切らず無言だった。由佳は、今、自分と戦っているのだろう。そして、自分の心を決めるつもりなのだろう。その答えがイエスでもノーでも、アキラは由佳の決断に従うつもりだ。それが僕が由佳に出来る唯一の償いだからだ。しばらくして、電話口から声がもれた。

「社長は、万が一のために、帳簿のオリジナルを社長室の金庫に入れてあると言っていたわ。社長は、『俺は、デジタルなんていうものは信用していないんだ。消えてしまったらおしまいだからな』て言ってた。もう昔のことだから、たぶん、本人もそのことを忘れていると思う。私が、あなたに教えてあげられることはそれだけ」そう言うと、そこで電話は切れた。アキラは、切れた電話に一礼をした。

アキラは自宅に戻って就業規則を読んだ。それによると、解雇通知を受けた後、二週間は会社が保証人となっているこの部屋にいられることを知った。残された時間は、二週間だ。アキラは部屋に籠り、丸三日、これから取りかかる計画を考えて、準備をした。そして、四日目の午後に、吉村と先輩、それに中川に電話を入れた。アキラは、三人に一生の頼みごとをした。ある計画を話し、その計画に参加してくれることを頼んだ。三人とも計画に参加してくれると言った。そして、その二日後の深夜にホテルの裏口で会うことにした。

アキラは、ホテルの裏口の影の中で待った。しばらくして、ライトバンが一台、ホテルの裏口に、すっと横付けされた。ライトバンには、黄色のタカのイラストに〈鍵専門〉と大きな文字が書かれてあった。その車の助手席から先輩が降りてきた。アキラは影から飛び出した。

「先輩、今回も面倒なことをお願いして、本当に申し訳ありません」

アキラは、ささやくように言った。

「いいってことよ。これで、おまえが俺のために やってくれた株の大勝負の借りを返せるからな。それに面白そうな話じゃないか。こんな話を聞くと、俺、はりきっちゃうぜ……」

先輩が大きな声を出しそうになって、まずいと自分の口を押さえた。

運転席から、作業服を着た若い男が降りてきた。

「小林さん、今日の仕事は、ここですか」

作業服の若い男は両手に手袋をしながら、ホテルを見上げた。

「こちらは、鍵の専門家。たいがいの鍵なら開けちまう鍵開けの名人よ。ねえ、お兄さん」

「銀行の金庫以外なら、たいがいはＯＫですよ。それより、こんなホテルに忍びこんで、ヤバくないすか。俺、そっち方面の仕事だけは、勘弁してもらってるんです」

「その点は、大丈夫だ。相手は、もっと悪いことをしてるんだからな。警察なんかに垂れこめっこない。なあ、アキラ」

「まあ、そうです」アキラは、そう言って二人に頭を下げた。だが絶対にそうだとは断言出来ない。先輩も、そこはわかっているのだろうが、そんなことは一言も聞かずに、こんな危ないことを引き受けてくれてくれる僕のすばらしい先輩だ。

「それなら、了解す。俺も、金に困った時に、小林さんに無利子で金を貸してもらって命拾いをしたことがあるんで、その借りを、今日、返します」

作業服を着た男はそう言って、ライトバンから小さな道具箱を取り出して中身を確認している。

「お兄さん、たったのそれだけ。それだけで金庫が開いちゃうの」先輩は、不思議そうに聞く。

「普通の金庫を開けるのに、映画に出てくるような大がかりな仕掛けはいりませんよ。ちょっとした経験と、腕さえあれば、大抵の金庫はこんな道具で開いちまうんです。小林さんも、気をつけた方がいいですよ」作業服の男は声も立てずに、笑った。

「俺、銀行嫌いで、現金は全部家の金庫に入れてあるんだけど。てことは、俺の嫌いな銀行に入れておいた方がいいってことか」先輩は、真剣に考えている。

そこに、ロードバイクのような自転車に乗った人物が現れた。吉村だった。上から下まで黒い服を着ている。

「山際さん、遅くなりました。自転車で、ここに来るのは初めてなんで、少し道に迷ってしまいました」吉村は、自転車を壁に立て掛けて言った。

アキラは万が一のことを考えて、吉村には、タクシーで来ないように言ってあった。

「吉村君、本当に、すまない。君にまで危険なことをお願いしてしまって」

今のアキラには、吉村の協力がなければ、ホテルに入ることすら出来ない。

「山際さんから電話をもらった時、僕は本当に嬉しかったですよ。僕を初めて仲間として扱ってくれたんですからね。僕は、このホテルを守るためなら何でもやります」

吉村は、元気に言う。

「こちらの若い方も、今日の討ち入りのお仲間？」先輩が会話に入ってきた。突然、討ち入りと言われて、吉村はびっくりしたようだ。

「僕は吉村と申します。よろしくお願いします」吉村は、あわててお辞儀をした。

「ダンナたち、仕事が出来る時間は短いんでしょ。なら、さっさと仕事しちまいましょうよ」

作業服の男が言った。アキラは腕時計を見る。今は午前一時五分だ。警備員の夜間、巡回は、一時間に一回と決まっている。さっき一時の巡回があったはずで、次は二時だ。それまでに、この仕事を片付けなければいけない。アキラは、念のため、もう五分、外で待ち、一時十分に、みんなにGOサインを送った。吉村が、自分の入館カードで裏口を開けた。四名の男たちが、順番にホテルに入っていった。アキラはすべての監視カメラの位置を覚えている。アキラが先頭に立ち、カメラの死角になる場所を選んで廊下を歩いた。みんなが、それに続く。エレベータには、天井にカメラが埋め込んであるので使うわけにはいかない。非常階段を上り、十二階まで上がった。

十二階は、いつものように真っ暗だった。アキラはペンライトで、事務所のドアの鍵を照らし、吉村が持ってきたキーでドアを開けた。アキラがまず中に入り、慎重に事務所を通り抜け、社長室に入った。そこの天井に、アキラが引っかかった監視カメラがある。アキラは大きな布製のカバンからアルミの脚立を出して、天井に二カ所ある監視カメラに目隠しのカバーを死角から掛けた。一〇〇円ショップで買った靴下を、少し加工しただけものだ。これで、後で映像を確認しても、数十分間、ただの闇が映るだけだろう。アキラは、もう一度、他にカメラがないかを確認して、みんなを今日の舞台に入れた。

石のデスクの後ろにクローゼットがあった。その中に金庫があるはずだ。この金庫は陸が管理をしていて、ホテルに必要な当座の現金が入っている。以前、陸にこの金庫から現金を出して貰ったことがある。アキラは、クローゼットを開けた。そこに鈍く光る金庫があった。みんなの視線が金庫に集まる。アキラがうなずくと、鍵屋の男が道具箱を持って前へ進み出て、その金庫の前でひざまずいた。鍵屋は、胸のポケットから自分のペンライトを出して、ライトをオンにする。光のビームが金庫の鍵穴をピンポイントで照らす。かなり照度が高いものだ。鍵屋は、それで金庫の鍵穴を入念に確認する。そして、道具箱からレンチの束を取り出し、その束から合いそうなものを選んで、一つ一つ鍵穴に差し入れていく。何本か試しているうちに、鍵屋の目付きが変わった。レンチをゆっくりと動かすと、カチリと小さな音がした。次に男は金庫に右耳をあてて、ダイアルを回す。何回かダイアルを回したところで、今度はガチッと金属がかみ合う確かな音がした。男は金庫のハンドルをゆっくりと下げる。金庫のドアは見事に開いた。鍵屋の男はみんなに振り返り、ニヤリとして、指で丸のマークを作った。みんなが歓声を上げそうになった。

鍵屋は後ろに下がり、今度はアキラが金庫の前に行く。書類がありそうなのは、金庫の一番下の引き出しだけだ。その引き出しを開けた。そこに、A４サイズの封筒が一通あった。アキラはその封筒を石の机に置いて、中のものを引き出す。中からホチキスで閉じられた数枚の書類と、黒いノートが一冊、出てきた。それにライトをあてる。その書類には「第〇〇期、〇〇〇〇ホテル決算書」と書いてあり、日付は最新のものだった。黒いノートを開ける。ノートは帳簿のようで、びっしりとした数字で埋まっていた。アキラに会計の知識はないが、直感で、これが裏帳簿だと思った。アキラは、みんなに向かってうなずいた。みんなが各々に拳を上げた。

アキラはその決算書と帳簿を布のカバンに入れて、空の封筒を金庫に戻した。封筒の中身がなくなったことに石が気づくまでには、相当の時間がかかるだろう。四人の男たちは同じ手順で裏口から出た。外に出ると、時刻は一時五十分だった。次の巡回まで十分しかない。ギリギリだった。アキラは、みんなに深く一礼した。みんなは、声を出さずにバンの前で握手をしたり、肩を叩き合ったりした。先輩などは、さっき会ったばかりの吉村に抱きついている。しかし、本当の勝負は、これからだ。中川に、この書類を見てもらい、これが不正の証拠になる二重帳簿だと確認してもらわねばならない。それまでは、どんな痕跡も残してはいけない。アキラは、吉村にインターネットで見つけたゲートキーの記録の消し方が書いてある紙を渡して、明日はホテルに出たら、最初に入館記録を消すように言った。

アキラと先輩は、鍵屋の男のバンに乗り込んだ。鍵屋がアキラと先輩を張の六本木の店に送ってくれると言うのだ。

「アキラ、やったな！」車の後部座席に乗り込み、ドアを閉めると同時に先輩は叫んだ。

「先輩のおかげです！」

二人は、バスケットボールのプレイヤーが決勝点のシュートを決めた時のように、空で手を握った。

「アキラ、討ち入りってのは、本当に気持ちがいいもんだな。俺、久しぶりに背中がゾクゾクしたぜ。そうだ」と先輩は言って、上着のポケットから封筒を出した。そして、前で車を運転している若い男の肩を叩いた。

「お兄さん、これ、少ないけど。心ばかりのお礼」

鍵屋の男は少しだけ振り返って、前を見た。

「小林さん、そんな無粋なものは、しまってくださいよ。俺、こう見えても江戸っ子なんすよ。江戸川区生まれですけどね。俺も、こういう話には血が騒ぐたちなんです。小林さん、これで、確かに、借りはお返ししましたよ」男がバックミラーを見て、ニヤリとした。

六本木の店の前で、張が、待っていた。アキラが車から降りると、張が走ってきた。

「アキラさん。手に入ったか」張は、鋭い目つきをしていた。

「はい」アキラは、一言だけ言った。

張はせき立てるように、アキラと小林を店の中に入れた。中川が、レストランのロビーで待っていた。いつもの奥の部屋に、張、中川、先輩とアキラの四人の男が集まった。時刻は、すでに、夜中の三時近くになっている。だが、冬の夜明けまでには、まだ時間があるだろう。みんなに熱いお茶が出された。アキラはジャスミンが入ったお茶を一口飲み、テーブルの上に、今、金庫から手に入れたものを出した。

「これに、石の悪巧みが書かれてあるのか」張が言った。

「僕にはこれが、その二重帳簿かどうか、わかりません。中川さん、お願いします」

アキラは、その紙を円卓の回転台に置いて、中川に回した。

「では、拝見します」中川が書類を受け取り、メガネを掛けた。

中川は、決算書と帳簿を見比べながら一枚ずつ紙を丹念に繰っていく。そしてカバンから電卓を取り出して、時々、電卓をはじく。みんなは、その様子をじっと見守った。二十分ほどして、中川はメガネを外して、アキラを見た。

「間違いありません。この決算書は、巧妙に粉飾されています。全体の決算は黒字になっていますが、ここに記載された利益は虚偽のものだと思います。なぜなら、この利益は、この帳簿の、どの勘定とも合致しないからです。念のために、僕の知り合いの会計士に見せますが、この決算書が粉飾されていることは、ほぼ間違いないと思います」

「この帳簿は、石社長の犯罪の確証になるのでしょうか？」アキラが、中川に聞く。

「なると思います。この決算書には銀行の大きな融資が付いています。恐らく粉飾された決算で銀行を信用させて融資を引き出したのでしょう。これは詐欺行為です。そして、この決算書によりますと、社長と専務に多額な報酬が支払われている。事業の実際の収支が赤字にもかかわらず、これだけの額の報酬を出すことは商法上の違法配当、特別背任罪にあたります」

「石は、石は、日本の警察に捕まるか」張が、どもって聞く。

「これだけの額の粉飾が明らかになれば、石さんは逮捕されて、恐らく起訴されるでしょう。裁判になれば、過去の判例からして実刑になる可能性は十分にあります」

先輩がヒューと口笛を鳴らした。張が、アキラに向かった。

「アキラさん、私、これ持って、今日の朝一番の飛行機で中国に行くよ。そして胡さんに会って、胡さんにこれを見せるよ」張は、興奮している。

「胡さんにこれを見せて、どうされるんですか」アキラは、念のために聞いた。

「言うまでもないよ。石をクビにするように、胡さんに強く言うよ。今回ばかりは、この張が、胡さんにうんと言わせる。石の悪党め。胡さんが苦労して育てたホテルを盗んだばかりか、さんざん食い物にして、最後はゴミみたいに売り払おうだなんて、この張が許さないよ。胡さんが、嫌だと言うのなら、私が、このウソの紙を持って北京の本社に乗り込んで、石をクビにするように幹部に迫るよ。これ、本当のことよ。アキラさん、少しだけ待ってて。できるだけ早く戻ってくるから」張は覚悟を決めたように、言った。

それから一週間が過ぎた。アキラは、毎日、ホテルを見に行ったが、外から見たホテルは、何の変化もなかった。以前より、夜は、客室の灯りが少なく、空室が増えているのがわかるくらいだ。

吉村には、毎晩、電話を入れた。吉村の話では、石はホテルにほとんど来ず、相変わらず外で大酒を飲んでいるらしい。陸は、ホテルで見慣れない男たちと頻繁に会議をしているという。たぶん、陸の会議の相手は投資ファンドの連中だろう。しかし、誰も、あの金庫から封筒の中身が消えたことには気がついていないようだ。アキラは、ひとまず安心した。だが、他に大きく気になることがある。由佳のことだ。由佳は、あれからも、ホテルに姿を見せていないと言う。吉村が電話をしても、由佳は電話に出ないらしい。アキラから電話をして欲しいと言った。吉村には「わかった」と返事をしたが、今日も電話出来ないでいた。仮に、電話がつながったとしても僕は、一体、彼女にどう言えばいいのだろう。由佳と会っても、また同じことになり、由佳をもっと傷つけるだけだ。僕は春絵を幸せに出来なかったように、由佳も幸せにする自信がないのだ。

次の週の月曜日の昼過ぎに、張から電話が入った。

張は「今、東京に戻った。さっき空港から石に電話を入れて、これから石と会う約束が取れたから、アキラさんにも、是非、来て欲しい」と言った。アキラは行く約束をした。

張は、ホテルのロビーで待っていた。張は、先日以上に鋭い目をしていた。アキラは何も聞かず、張と社長室に入った。石と陸は、ソファーに並んで座っていた。アキラと張が入ると、二人は一斉に立ち上がった。

「張。緊急で重大な用件とは、何のことだ」石が、張に噛みつくように言った。

「石。おまえは、昨日、北京の本社で開かれた緊急の取締役会で日本法人の社長を解任されたよ」

「なんだって？」

「おまえは、日本の社長をクビになったんだよ。わかったか、この盗人め」

張は、汚いものを見るように言った。

「そんなバカなことがあるか。今、確認してやる」石は、机の電話に取りつこうとした。

「おまえの頼りになるお父さんに電話をしても、無駄だよ」張が笑いながら言う。

「なに」石が、顔を上げた。

「おまえのお父さんは、先週末、党のすべての役職を退任したよ。たぶん、まだ誰にも言うなと口止めされているから、おまえにも知らされなかっただろうけど、これ本当の話よ」

「張、おまえ、何を仕組んだんだ」石は、目をピクピクさせて言う。

「何、言ってる。悪巧みを仕組んだのは、おまえの方じゃないか。おまえは、胡社長のホテルをウソついて乗っ取ったばかりか、またウソをついて、このホテルを売り払おうとしているだろう」

「俺には、おまえが言っていることが、全然わからないな。俺が、何か悪いことをしたというなら、その証拠を見せろ」石は、開き直ったように言う。

「そんなに見たけりゃ。これを見ろ」張は、ソファーのテーブルに粉飾された決算書を叩きつけた。石と陸が、まるで幽霊を見たようにそれを見ている。石は、アキラをにらんだ。

「山際！　おまえ、これを盗んだな。警察を呼ぶぞ」

「バカなことを言うんじゃないよ」張は、怖い顔をした。

「おまえ、このウソの紙で中国の本社から、たくさんのお金、送らせただろう。それが明るみに出たら、おまえ、すぐに中国の刑務所に行くことになるよ。日本の警察より中国の公安の方が何倍も怖いこと、おまえ、よく知ってるだろう」

石はぐうの音も出ず、口を開けたまま前を見ている。

「だけど、石、安心しなよ。胡さんは、今回のことで、なるべく犠牲者を出さないで欲しいと言っている。おまえのお父さんは、党の役職を勇退したことになったし、おまえは、日本の社長はクビになったけど、中国の会社には戻れるよ。ただし、ちょっとだけ、山奥の支店に行ってもらうことになったけど、それくらい我慢しなよ」

石は全く反論できずに、うつむいた。勝負は完全についた。アキラは、この一週間で、張がどんなに働いたかを知った。

「おまえの作ったホテルの大赤字は、私が増資して穴埋めすることになったよ。だから、私、この日本の法人の一番の株主になった。それで、ここの代表者になったよ」張は、そう言った。

「張さん、すいません」今まで黙っていた陸が、こそこそと前に出てきた。

「私は石社長の指示で動いていただけで、不正とは全く知りませんでした。私は、いろいろな所に顔が利きますので引き続き雇っていただけましたら、きっと張さんのお役に立つと思いますが」

張の顔が、真っ赤になった。

「陸、おまえは中国人の風上にもおけないやつだよ。おまえは、日本での現地採用者だ。おまえの処分は、このホテルの次の社長に決めてもらうことにするよ。おまえ、覚悟しろよ」

今度は、石と、陸が、警備員に付き添われて部屋を出ていく番になった。


アキラは、張と社長室に残った。張が、アキラに大事な話があるというのだ。

張は、単刀直入に切りだした。

「アキラさん、あなた、このホテルの社長になってくれないか」

アキラは驚いて、張の顔を見た。

「私、今回の増資の資金を作るために、インドネシアのレストラン事業の大部分を売却したよ。それでも資金が足らないから、借金もしたよ。私、その借金を返さなければいけない。だから、日本にはずっといれないんだよ。アキラさん、あなたに、このホテルの再建をやってもらいたいんだ。頼むよ」張は、懇願するように言う。

「それは」アキラは言葉が出てこない。そんなことを考えたこともないし、そんなつもりでこの計画に参加した訳ではないのだ。

「これは、胡社長の強い願いでもあるんだよ。それでも、嫌か」

「胡さん、ですか」アキラは、更に驚いた。

「胡さんを説得するのに、本当に苦労したよ。私は殺されても人を密告することはしない、とまで胡さんに言われたよ。それで、私、アキラさんが株で失敗したことや、春絵さんが亡くなったこと、それでも、あなたがホテルに入って、ホテルを立て直してくれていることや、ほかの日本のみんなも、胡さんのホテルを取り戻すために命がけでやってくれたことも、全部、胡さんに話したよ。今度は、胡さんが動いてくれないと、私の面子がなくなる。やってくれないのなら、私、胡さんとの義兄弟の約束をなしにするって、言ったよ」

　張は、せつなそうに話した。

「私の話を聞いて、胡さん、考え込んだ。胡さん、最後には「わかった」と言って、次の日に、車椅子に乗って、北京の郊外で引退生活している義理の父を訪ねてくれたよ。義理の父、喜んだ。『私の息子が、初めて、私を頼ってくれた。わかった。わかった』って言ったらしいよ。義理の父が出て行ったら、あっという間に話が片付いた。石の父親は、党の幹部を辞めることになったし、北京の本社で、緊急取締役会が開かれて石の解任も決まった。ただ、胡さんが一つだけ条件を出したんだよ。それは、アキラさんに日本のホテルの社長になってもらいたいと言うんだ。どうしても、そうして欲しいと言って、この手紙を私に託したよ」

張は背広の内ポケットから、うやうやしく封筒を出して、アキラに手渡した。

「アキラさん、確かに渡したよ。この手紙、今、ここで読んで。あなたの返事を、今、聞かせて欲しいよ」

アキラは、しばらくその封筒を見ていたが、覚悟を決めて、封筒を開けた。中から、手書きの便箋が三枚、出てきた。アキラは背筋を伸ばして、それを読んだ。アキラの胸に、言葉に出来ない感情がこみ上げてきた。涙が出そうになった。考えてみれば、この部屋で三年前に胡さんと固い握手をした時に、この感情が、つながっていたのかもしれない。

「どうだ？　アキラさん」張は、身を乗り出した。

「張さん、私は責任を持って胡社長のホテルを受け継ぎます。胡さんに、そうお伝えください」

アキラは両手を膝に置いて、頭を下げた。

「そうか。そうか。私、嬉しいよ。やっぱり、アキラさんは、私の老朋友だよ」

張はアキラの手を握りしめて、そう言った。

「じゃあ。ホテルのみんなにそう伝えよう」張はそう言って、立ち上がった。


ホテルのおもだった従業員を一階の会議室に集めた。その中には、吉村もいた。張は、従業員になじみがないので、アキラが張の代わりにみんなの前に立ち、説明をした。本日をもって、石社長が退任したこと、日本法人の代表者は、ここの張氏に代わるが、張氏の代理人としてアキラがこのホテルの社長に就任することになったと告げた。最初は、水を打ったような静けさだったが、後ろから大きな拍手がした。それが、徐々にみんなの拍手になっていった。吉村が泣きながら、後ろで一番大きな拍手をしていた。

その後、アキラは、張と社長室で一通り打ち合わせをした。アキラは自分の考えているホテル再建計画を張に説明し、張は、すべての案を了解した。張は、三カ月に一度、東京に来て、アキラから経営状態を聞くことになった。張は、資金的な問題があれば、遠慮なく言ってきて欲しいと言った。アキラは、張を駅まで見送った。

10

アキラは張を見送った後、駅ビルにある花屋に寄り、ブーケを買って、ホテルに戻った。

「社長、お帰りなさいませ」

ホテルのフロントの若い男女の社員が立ち上がって、アキラにお辞儀をした。この二人も、さっき従業員を集めた会議室にいた。

アキラは、二人に会釈をして、十二階に上がり、社長室に入った。アキラは電気を点けず、しばらく部屋を見渡した。それから窓側に行き、ブラインドを半分、開けた。初めて春絵と出会った場所が、ここからよく見えた。あそこで、春絵と出会ったのだ。それが、すべての始まりだった。アキラは買ってきたブーケを、ビニール袋から出して窓枠の上に置いた。

「春絵、とても信じられないことだけれど、僕は、このホテルの社長になったよ。それも、君と出会ったおかげだ。僕はこのホテルを、よくするように全力でがんばるよ。たぶん、君は、そういうことを僕に言いたかったんだろう。僕に出来ることを一生懸命にやって欲しいと」

アキラは、あの場所に語りかけるように言った。

僕にホテルの経営が出来るかどうかはわからない。でも、僕は、それをやらなければいけない。胡社長の想いを受け継ぎ、ここを、これまで以上にお客さんに愛されるホテルにしてゆく。それが、これからの僕のやるべきことなのだ。アキラは空を見上げた。夜空には明るい月があった。しかし、心の中には黒い空洞がある。これは、何なのだろう。

アキラはジャケットの内ポケットから、胡社長の手紙を出して、もう一度、読んだ。

「アキラさん。ご無沙汰しましたね。これから、あなたに、大事な手紙を書こうと思います。私は、日本を離れてだいぶ経ちますから日本語が下手になっています。それに、慣れていない左手でこれを書いていますので読みにくいと思います。どうか、それを許してください。

私は病気をしまして、少し体が不自由になりました。頭や口は、大丈夫なのですが、体の右半分が動かなくなってしまいまして、車椅子が必要になりました。この体では、十分に会社のお役には立てません。それで、私は、会社は辞めさせてもらいました。今は、生まれ故郷に帰って、地元の子供たちを教えています。私が、教えるものは〈人が生きてゆく道について〉です。最近では、中国も教育が進みまして、むずかしい勉学では私などより優秀な先生がたくさんいます。ですが、人の生きる道を教える人はまだ不足しているようです。このことを学ぶことは、子供たちが、将来、困難にぶつかった時に、必ず役に立つことだと私は信じています。ですから、私は、それを子供たちに教えることを、これからの仕事にしていきます。

さて、春絵さんのこと、張から聞きました。アキラさん、辛いですね。私は、あの優しい、働き者の福を運ぶお嬢さんが、そんなことになったとは信じられません。とても悲しい気持ちです。それにも関わらず、アキラさんが、ホテルを取り戻すことに全力を注いでいただいたことを張から詳しく聞きました。私は、本当に感動しました。短い間のお付き合いだったのに、私の育てたホテルを大切に考えてくださり、そんなにまでしてくださる。私には、あなたの真心が、どれだけ嬉しかったことか。本当にありがとうございます。それを聞いて、私は、一生に一回だけ、天の道にはずれたことをしようと思います。義理の父に頼んで、ホテルを守ることにします。私だけのホテルなら、私は、こんなことをしません。しかし、張が言うには、あのホテルは、もう私だけのホテルではない、アキラさんや、日本の従業員の方々、なによりも、あのホテルにまた泊まりたいと言ってくださっているお客さんのホテルだと言うのです。本当にありがたいことです。私は、行動することにしました。恐らく、父はホテルを取り戻してくれるでしょう。それにあたりまして、私からアキラさんに、一つだけ、お願いがあります。ホテルが戻ったら、アキラさん、このホテルを受け継いでくださいませんか。ホテルが戻ってきても、それを受け継いで育ててくれる人がいなければ、ホテルを取り戻す意味がありません。私は、あなたに、その仕事をしてもらうのが一番いいと思うのです。私は、あなたを信頼しています。あなたなら、このホテルを、私以上に、お客さんに福を運ぶホテルにしてくださると思います。張にも相談しましたが、張も大賛成だと申しております。私は膝を折り、あなたにお願いをします。どうか、私の望みを叶えてください。

それと、アキラさん、もう一つだけ申し上げたいことがあります。これも大事なことです。春絵さんのことは、とても残念なことです。しかし、春絵さんのことは、けっしてあなたのせいではありません。それは、人間には、どうしようもない出来事なのです。あなたは、その出来事に囚われて、ずっとその世界にいてはいけません。あなたは、生きている限り前へ進まなければいけないのです。以前、申し上げましたね。あなたを幸せにするのは、お金ではなくて、人だと。あなたには、新しい人が必要です。春絵さんのことは本当に残念です。ですが、春絵さんは、あなたと、これからの長い道を歩いて行くことが出来なくなりました。アキラさん。もし、あなたに新しい出会いがあり、その人があなたを助けてくれる人なら、迷うことなく、その人と一緒にこれからの道を切り開いていってください。春絵さんも、きっと、それを望まれると思いますよ。張が『アキラさんには、いい出会いがあったのに、春絵さんのことがあるから、それを断ち切ろうとしている』と大変心配していましたので、あえて、私から申し上げました。張は、いい人でしょ。生涯の友になってやってください。

私は年を取り、こんな体になりましたが、私も、生きている限り前へ進むつもりです。それが私に福を運んでくれますから。私もがんばりますから、あなたも、是非、がんばってください。また、お目にかかれる日を楽しみにしています。

胡永徳」


アキラは、目を閉じた。


「社長！」

吉村がドアをノックもせず、社長室に飛び込んできた。アキラは、目を開けた。

「たった、今、総支配人から、メールが届きました。総支配人は羽田空港に着いて、これから北海道に帰る便に乗るそうです。『吉村君、長い間、ありがとう。これからは山際さんを支えていってください。山際さんによろしくね』って、メールに書いてありますよ」

吉村が自分の携帯の画面を、アキラに突きつけるように見せた。

（由佳さんが、北海道に帰る）そういうことなんだと、アキラは思った。

「山際さん、総支配人をこのまま行かせていいのですか。総支配人を止めてください。総支配人は本当は北海道に帰りたくないんだ」吉村は、断言するように言った。

由佳の本当の気持ちはわからない。仮に、わかったとしても、僕には、どうしようも出来ない。由佳を幸せにする自信がないのだ。

「総支配人は、このホテルにも、山際さんにも必要な人です。その人が、いなくなっていいんですか」吉村は、アキラの前に回り込んで言う。

アキラは目をつむった。これ以上、由佳を苦しませたくない。

「山際さん、素直になってください。僕のように泣きごとを言ってください。あなたも鉄人じゃあない。山際さん、あなたは、このホテルに光を探すために入ったと言いましたね。総支配人は、山際さんの光になれる人です。総支配人は、山際さんにも、このホテルにも絶対に必要な人なんだ。総支配人をこのまま行かせたら、あなたは、一生、後悔することになりますよ」

吉村が全身で言う。アキラの頭の中で、光が走った。

（あなたは、生きている限り前へ進まなければなりません。もしあなたに新しい出会いがあり、その人があなたを助けてくれる人なら、迷うことなく、その人と一緒にこれからの道を切り開いていってください）

胡さんの言う通りだ。僕は前へ進まなければいけない。僕が前に進むには、由佳の光が必要だ。アキラは目を見開いた。

「吉村君、由佳さんのメールには、何時の飛行機に乗るって書いてある」

アキラは大声で言った。その声に、吉村はあわてて携帯の画面を見る。

「それは、書いていません。でも、今の時間なら最終便じゃないでしょうか」

アキラは、急いでパソコンに向かい、〈千歳、最終便〉と打ち込んだ。千歳への最終便は、午後十時だ。それに搭乗するためには、たぶん九時半にはチェックインをしなければならないだろう。今は、八時だ。これから車で羽田に飛ばせば八時半にはつくはずだ。最終便なら、まだ、間に合う。しかし、由佳が、羽田空港のどこにいるかわからない。

「由佳さんは、今、羽田のどこにいる？」アキラは、パソコンの画面をにらんで聞く。

「総支配人のメールには、それも書いていません」吉村は、顔を上げた。

「そうだ、総支配人は、北海度に帰る時には、いつも夜景がきれいな展望デッキに寄ってから飛行機に乗るって言っていました。たぶん、そこにいるんじゃないでしょうか」

(羽田、展望デッキ)

アキラは、そう入力してパソコンのキーを叩く。羽田の展望デッキは、ターミナルビルの六階にある。アキラは、椅子に掛けてあったホテルの黒いジャケットをつかんだ。

「山際さん、どこへ行くんですか？」

「僕は、僕の光をつかまえに行ってくる」

「社長、成功をお祈りしています」吉村は背筋を伸ばして、敬礼するように言った。

アキラはホテルの地下の駐車場を、全力で走った。

ホテルの迎車用のミニバンが、一台、駐車場にある。あの車なら、何度か乗ったことがあり、運転にも慣れている。ミニバンの室内に入り、シートベルトを締めた。羽田への道は、花屋をやっていた時に何度も行き来したので、熟知している。

（間に合うだろうか？　しかし、僕はそれに賭けるしかない。それしか、僕が光をつかむ道はない）アキラは深呼吸をして、エンジンを掛けた。

（僕は、これから自分の人生を決めに行く。しかし、これはギャンブルではない。僕と一生を共にして欲しい相手に、自分の正直な気持ちを伝えにいくのだ）アクセルを一杯に吹かした。

車は湾岸の高速に乗る。お台場のビルが浮かび上がり、七色にライトアップされたレインボーブリッジがバックミラーの中で小さくなってゆく。アキラは前だけを見てハンドルを握った。幸いなことに、湾岸道路はすいていた。

ミニバンは、八時三十分の少し前に空港の駐車場に停車した。アキラは、ターミナルビルまで走った。ターミナルビルまで予想外に距離があり、十分以上かかった。展望デッキ用エレベータを見つけるのに、もう十分かかった。時刻は、もう九時になろうとしている。アキラは、エレベータに走り込み、息を切らして六階のボタンを押す。由佳はいるか？　いなければ、そこでタイムオーバーだ。

エレベータの扉が開いた。アキラの目の前に、羽田空港の眩いばかりにライトアップされたランウェイが広がった。ランウェイには、腹にまで響くような飛行機のエンジン音が鳴り響いている。アキラは、その光と音の量に圧倒された。

そのランウェイを一機の旅客機が、左から、入ってゆくのが見える。

アキラは息を飲み込み、展望デッキを見た。目をこらす。目の終点に見覚えのあるコートを着た女性がランウェイを見ていた。アキラは、大きく息を吸い込んだ。

「由佳さん！」アキラは、飛行機の音量に負けないくらいの大声を出した。

由佳が、その声に驚いて振り返る。

「アキラ君」由佳はまるで幻を見るように、アキラを見ている。

アキラは、一歩ずつ、由佳に近づいて行く。由佳は動けない。ついに由佳と向かい合った。アキラは、由佳の体を思いっきり抱きしめた。

「由佳さん、行かないで欲しい」

由佳はその強い力に、手に持っていたボストンバッグを落とした。

「私、もう、会えないと思っていた」由佳は、アキラに抱かれたままで言う。

アキラは、更に由佳を強く抱きしめる。

「由佳さん、僕の光になって欲しい。僕の行く道を、ずっと照らして欲しい」

「でも、私、怒りっぽいよ」由佳は、不安そうに言う。

「僕は、怒りっぽくない」

「私、贅沢だよ」

「大丈夫。僕は、倹約家だ」

「私、お花屋さんの女の子には、なれないよ」由佳は、アキラの目を見て言う。

「君は君だ。僕は、今の君を愛している」アキラはそう言って、由佳にキスをした。

長いキスの後、由佳がはずかしそうにアキラを見た。

「アキラさん」

「何？」アキラは胸が一杯になり、由佳を抱きしめていた。

「幸運って、本当に来るのね」由佳はそう言って、アキラの胸に顔をうずめた。

「ああ」アキラはそう返事をして、再び由佳とキスを交わした。

二人の前には羽田空港の壮大なランウェイの光の道が続いていた。その道を、今、一機の旅客機が、光を落として北の空に向かって飛び立っていった。

本作品は、私の古くからの友人であるＫ氏が執筆した本から着想を得ました。この場をお借りしまして、Ｋ氏に心より御礼を申し上げます。

長良直次

著者プロフィール

長良 直次（ながら なおつぐ）

1960年、岐阜県生まれ。
関西学院大学商学部卒業。
インテリアコーディネーター。
著作に『ロング・ドライビング』（2013年 文芸社）、
『ライト・イズ・オン』（2020年 文芸社）がある。

（続）ライト・イズ・オン

2024年５月15日　初版第１刷発行

著　者　長良 直次
発行者　瓜谷 綱延
発行所　株式会社文芸社
〒160-0022　東京都新宿区新宿１－10－１
電話　03-5369-3060（代表）
03-5369-2299（販売）

印刷所　株式会社暁印刷

ISBN978-4-286-25232-2